JN214456

すごい詩人の物語

山之口貘詩文集　人生をたどるアンソロジー

プロローグ　詩論「詩とはなにか」

詩を書き出してから、すでに四十年に近いのであるが、さてしかし、詩とはなにかと来られると四十年の年月もぐらつくみたいで先ず、当惑をもって答えるしかないのである。ではなんのために詩を書くのかと来られてはこれもまた直立不動の姿勢にでもなって、ただ口をもぐもぐしているよりほかはないみたいなのである。

詩人のくせに、はなはだみっともないようであるが、実は詩人だからこそそうなのであって、詩とはなにかと問われても、ちょっと一口では答えられないものがあるからであり、なんのために詩を書くのかと問われても、それらの答えは、灰皿やマッチみたいに、すぐに出せるものではないからなのである。つまりは、詩とはなにかといわれても、詩の定義はむずかしくて、四十年の詩作をもってしても答えることが困難なのである。

たとえばある詩人によると、詩は叫びであるというのである。そうかとおもうとある詩人は、詩は怒りであるというのである。また詩は美であるというのもある。あるいは、散文であっても小説であっても、あの特定の審美的情緒を感じさせるものがあれば、それを詩といってもよいという風なのもある。また、詩は批評であるとするものもある。

またある詩人は、精神のある状態の記録であると説明する。そしてまたある詩人は、詩は経験であるというのである。またある詩人にとって、詩は美や真実をもとめる人間感情の純粋な表現であるという。ある詩人は、詩は青春であるともいうのである。数えあげると、おそらく詩人の数ほどいろいろあるに違いないのである。

そんなわけで、詩とはなにかと問われても、誰もが詩とはこれだと答えられるような定義というものがあるのではないからなのである。ということは、それほど詩の定義づけはむずかしいということなのであって、詩人の間ではむかしから、詩とはなにかが問題にされつづけて来たのであるが、その答えは前に述べたいろいろの例のように、各人各様に試みられているに過ぎないのである。

そこで、話はぼくのばあいなのである。四十年近くも詩を書いて来たとはいうものの、正直なところ、詩とはなにかと問われると、問われるたんびに戸惑いしないではいられないのである。しかし、それでも詩を書いて、詩人のつもりで生きて来たのだとおもうと、そこに詩を投げ出して逃げ出したくもなるのであるが、なにしろ何十年も歩いて来た道なのである。引返すことはすでに不可能なことであり、いまとなっては飛び込む横丁もない始末なのである。

そういうぼくにとって、出来ることはただ一つ、詩を読んでもらいたいと、答えの代りにおすすめするより外にはないのである。

いかにも、ずるいみたいであるが、やむを得ないわけで、詩とはそういう風にして自分の手でさわり、自分の眼で見てわかるものなのであって、問いに対する答えを待っていたのでは、何年経っても実感としてはわからないのではなかろうか。

ぼくが詩を書くようになったのは、詩とはなにかということ、それがわかっての上で書いたのではなかった。わかっていたにしてもそれは、小説よりもうんと短いもの、そして、一行一行が行わけにして書かれたもの、それが詩であるぐらいの程度なのであったが、その程度のことも、当時の生田春月の詩から得たところの実感なのであった。詩を象にたとえて見るならば、詩人は群盲なのかも知れない。

それでも手にふれてはじめて知ったそれが、行わけの短い形であったということはいわば詩のしっぽか足の皮であったかもしれないが、それを手がかりにぼくは詩の世界に足をふみこんだのである。つまりは、詩とはなにかもしらないうちに、書きたくなって書くようになったのが詩なのであった。

いわば、書かずにはいられなくなって書き出したのがぼくの詩で、かゆいところを掻き出したのが病みつきになったみたいなものなのである。それはぼくに、美感というよりは快感をあたえたのである。よくはまだぼく自身にもわからないのであるが、ぼくはいまでも、あるいはこの快感のために、詩作をしているのかも知れないのである。ぼくは常々、詩を求めるこころは、バランスを求めるこころであるとおもっているが、そのこころは、かゆければ掻きたくなり、いたければさすりたくなるこころのようなものだからである。

こうして、詩人としてのぼくはいかにも自然発生的で、詩とはなにかも知らなければ、なんのために詩を書くのかも知らない詩人なのではあるが、それでは詩を書く資格がないじゃないかといわれたりする、資格で詩を書く詩人もあるようである。

さて、詩人としてのぼくの仕合わせは、たとえ詩を書く資格がないにしても、詩を書かずにはいられないということなのである。ということは、バランスを求めるこころが、ぼくにそうさせるのではなかろうかとおもうのである。ぼくの経験によると、人間は生きていると、あっちもこっちもかゆいのである。生活を見てもそうなのであって、かゆかったり痛かったり、痛がゆかったりで、なんとかしなくてはならないことばかりである。

ぼくはかつて次のような「座蒲団」という詩を書いたことがある。

土の上には床がある
床の上には畳がある
畳の上にあるのが座蒲団でその上にあるのが楽といふ
楽の上にはなんにもないのであらうか
どうぞおしきなさいとすすめられて
楽に坐つたさびしさよ
土の世界をはるかにみおろしてゐるやうに
住み馴れぬ世界がさびしいよ

この詩は題の示すように、座蒲団を取り扱った詩であるが、作者がいかに座蒲団とは縁の遠い生活をしていたかがうかがわれるのではないかとおもう。上京してから何年というほど屋外に住んでいた浮浪者のぼくが、就職の件で先輩の家を訪ねて、久し振りに座蒲団の上に坐ったのであったが、自分ながらあの頃の生活のかゆさがおもい出されるのである。
またぼくはある時間を、汲取屋になって生きた。むろん好んでのことではなかったが、自殺の見込みのないぼくにとっては、なんでもするより外にはなかったのである。人類は鼻など持っているために、こんな臭い仕事とおもわないのではなかったのであるが、鼻をなだめすかして汲み取るより外には術もなかったのである。まもなく出来た詩が「鼻のある結論」というのである。

ある日
悶々としてゐる鼻の姿を見た
鼻はその両翼をおしひろげてはおしたたんだりして　往復してゐる呼吸(いき)を苦しんでゐた
呼吸は熱をおび
はなかべを傷めて往復した
鼻はつひにいきり立ち
身振り口振りもはげしくなつて　くんくんと風邪を打ち鳴らした
僕は詩を休み
なんどもなんども洟をかみ

鼻の様子をうかがひ暮らしてゐるうちに　夜が明けた
ああ
呼吸するための鼻であるとは言へ
風邪ひくたんびにぐるりの文明を搔き乱し
そこに神の気配を蹴立てて
鼻は血みどろに
顔のまんなかにがんばつてゐた

またある日
僕は文明をかなしんだ
詩人がどんなに詩人でも　未だに食はねば生きられないほどの
それは非文化的な文明だつた
だから僕なんかでも　詩人であるばかりではなくて汲取屋をも兼ねてゐた
僕は来る日も糞を浴び
去(ゆ)く日も糞を浴びてゐた
詩は糞の日々をながめ　立ちのぼる陽炎のやうに汗ばんだ
ああ
かかる不潔な生活にも　僕と称する人間がばたついて生きてゐるやうに
ソヴィエット・ロシヤにも

ナチス・ドイツにも
また戦車や神風号やアンドレ・ジイドに至るまで
文明のどこにも人間がばたついてゐて
くさいと言ふには既に遅かつた

鼻はもつともらしい物腰をして
生理の伝統をかむり
再び顔のまんなかに立ち上つてゐた

この詩を読んで、読者は即座に鼻をつまんでそっぽを向いてしまうのかも知れないが、作者のぼくとしてはそれを無理に、この詩から美を感じてもらいたいと読者に対して頼むわけにはいかないのである。なぜならば、それはまったく詩そのものの罪なのであって、ぼくのとるべき責任ではないからなのである。

汲取屋のぼくはただかゆいところを探しあてて、そこに鼻の問題のあることを見つけ、文明の問題や人間の問題などのあることを見つけたりして、自分なりの感想や批判をもって書いたまでのことで、言葉をかえていうならば、かゆいところを掻かないではいられなかったのである。しかし「鼻のある結論」にしても「座蒲団」にしても、詩とはなにかの問いに対して充分に納得のいく答えであるかどうか、いささか気のひけることではあるが、多少なりとも読者の共感をそそるものがあるとか、味わいをそそるようなところがあるとすれば、どうにか詩らしいものになっているのではないかとおもうのである。
はなはだ漠然としているが、以上述べたことで、ぼくの考えている詩は、抜き差しならないほど、生活と結びついているようである。

むかしから、詩についての講座とか、詩の作り方というような本は沢山あるようであるが、そういう本や講座によって、詩がわかったとか、詩が作れるようになった詩人があるかどうか、寡聞にしてそういう詩人があるということをかつてぼくは耳にしたことがないのである。

そんなことから推察して、詩とはなにかとの問いは、むしろ問う人自身に向けられなくてはならないのではなかろうかとぼくはおもうのである。この講座の初回に挙げた例のように、詩とは叫びであるとか、詩とは怒りであるとか等々の答えにしても、結局は教えられたり押しつけられたりしてそのようにおもったのではなくて、詩人自身が探り当てたり発見した結果に違いないのである。

それならば、なんのために詩を書くかという問いにしても、これまた詩とはなにかとの問いとおなじく、矢張りその人自身に向けてはじめて、意味のある問いとなるのではなかろうか。ぼくはそこに「詩」と「人間」とが、似通っているものであることを感じないではいられないのである。おそらく人間とはなにかと、なんのために生きるかというようなことを、考えた経験のある人ならばそれを感じることが出来るに違いないのである。

つまりは「詩」といい、「人間」といい、それらは求められることによってその存在を主張し、存在することによってそれらは、繰り返し追究されなければならない性質のものだからと、ぼくはそうおもうのである。そこで、ぼくは、書くということ、それは、生きるということの同義語のようなものではないかとおもうわけである。前回で、バランスを求めるために詩を書くのであるとぼくは述べたがぼくなりの考え方として、それほど間違ってはいないような気がするのである。

わかったみたいなわからないみたいなことばかりをしゃべってしまったが、ふり返ってみると、浮浪の生活といい汲取屋の生活といい、その他ぼくの経験して来た生活は、ふざけたりおもしろがったりしてそういうことをしたのではなかった。ある意味で、それらはぼくにとって血の出るほどのいびつな生活で、たびたび、死んだ方がましなおもいなどもしないのではなかったが、いわば、詩がぼくにそうさせたようなものであり、詩という奴はまったくひどい奴で詩人をそういうめにあわせながら、生きろ生きろと耳うちをしてくる奴なのだ。

この講座を引き受けるに当って、学識その他の設備のないことを残念だとおもったのであるが、それは他に適当な詩人があるはずで、ぼくは読者に、片眼をつむってのぞいていただければと、あり合わせの節穴みたいなものでがまんしてもらったわけである。

おわりに、なんのために詩を書くかとの問いを中心に、くるくる回っている詩人諸家の言葉を、御参考までに引用してみると、金子光晴は「腹の立つときでないと詩を書かない」というのである。含蓄のある言葉であるとおもう。かれの生き方、考え方、詩に対するこころ構えなど、かれの姿をほうふつさせるものではなかろうか。

北川冬彦は「なぜ詩を書くか、私にとっては、現実の与えるショックが私に詩を書かせるのだ、というより外はない」といい、高橋新吉は「自然の排泄に任すのである」といい、村野四郎は「私は詩の世界にただ魅力を感じるから詩を書きます」というのであり、深尾須磨子は

「私が存在するゆえに私は詩を書く」といい、田中冬二は「私はつくりたいから、つくるまでであると答えたい」とのことであり、数え立てれば色々の答えがなんのために詩を書くかの問いに対して、出没するのであるが、それらの答えで注目すべきことは、誰もが生から詩を切り離しては、答えられないものであるということなのである。
次の詩は自作であるが、ビキニの灰と箸との結びつけなどから、詩人としてのぼくの作業の一端を紹介することが出来るのではなかろうか。

鮪に鰯

鮪の刺身を食いたくなったと
人間みたいなことを女房が言った
言われてみるとついぼくも人間めいて
鮪の刺身を夢みかけるのだが
死んでもよければ勝手に食えと
ぼくは腹だちまぎれに言ったのだ
女房はぷいと横にむいてしまったのだが
亭主も女房も互に鮪なのであって
地球の上はみんな鮪なのだ
鮪は原爆を憎み

水爆にはまた脅やかされて
腹立ちまぎれに現代を生きているのだ
ある日ぼくは食膳をのぞいて
ビキニの灰をかぶっていると言った
女房は箸を逆さに持ちかえると
焦げた鰯のその頭をこづいて
火鉢の灰だとつぶやいたのだ

本稿は、全織新聞の「紙上『文化講座』」（一九五七年九月七日号、同十四日号、同二十一日号）に連載されたものである。山之口貘は、一九五五年一月一日号から一九六三年四月一日号までの八年にわたり、同紙の詩欄の選者として、職場詩人の作品の選考にあたっていた。

寡作の詩人

山之口貘は、生前、『思辨の苑』『山之口貘詩集』『定本 山之口貘詩集』の三冊の詩集を上梓している。だが、その内訳は、『山之口貘詩集』は『思辨の苑』に十二篇の新作を加えたものであり、その改訂版として出したのが『定本 山之口貘詩集』であって、実質的にはほとんど一冊分なのである。死後一年経って『鮪に鰯』が出版されたが、四冊を合わせても、生涯で書き上げた詩は一九八篇しかない。[*] その背景にあるのが、「推敲の鬼」と呼ばれた徹底した推敲ぶりだった。貘の書く一篇の詩は、どんなに短い詩でも、二〇〇枚、三〇〇枚もの原稿用紙を費やして、ようやく完成するのである。

●

詩篇は、この一九八篇から一三五篇を選び、五章に分けて構成。放浪時代から晩年まで、貘の歩んだ詩作の歩みをたどれるように、各章、古い年代の作品からの配列を基本とした。

『思辨の苑』
むらさき出版部　一九三八年

『山之口貘詩集』
山雅房　一九四〇年

『定本 山之口貘詩集』
原書房　一九五八年

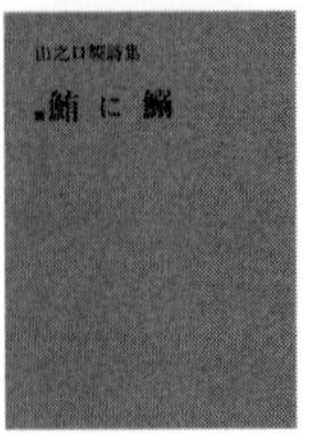

『鮪に鰯』
原書房　一九六四年

*『新編 山之口貘全集 第1巻 詩篇』（思潮社 二〇一三年）に収録されている既刊詩集未収録詩篇を除く。

目次

第三章　故郷沖縄 152

ブックデザイン・イラストレーション　浅妻健司（www.aszm.jp）

第一章

住所不定

絵の勉強のため、一九二二年に十九歳で初の上京。日本美術学校に入学するが、わずか一ヵ月で中退してしまう。約束だった父からの仕送りもなく、友人や先輩の下宿を泊まり歩いているうち翌年九月一日の関東大震災に遭い、罹災者恩典で帰郷。帰ってみると、鰹節製造業に手を出していた父の事業が失敗しており、一家は離散していた。沖縄での居場所も失った貘は、那覇の海岸や公園で寝泊まりしていた。字を書けない沖縄遊女の手紙の代筆などして飢えをしのぎ、一九二四年、詩稿の入った鞄を抱いて二十二歳で再び上京するが、定職を得られず放浪生活に入る。書籍問屋の荷造り人、暖房屋、鍼灸屋、ダルマ船の鉄屑運搬助手、汲取屋、鍼灸医学研究所、ニキビ・ソバカス薬の通信販売など職を転々とし、夜は公園や駅のベンチ、土管の中、キャバレーのボイラー室、友人の下宿先など、折々の仮住まいの生活をしながら詩を書き続けた。初上京から結婚するまでの十六年間、まともな寝床で眠ったことはなかったという。

晴天

その男は
戸をひらくやうな音を立てて笑ひながら
ボクントコヘアソビニオイデヨ
と言ふのであつた

僕もまた考へ考へ
東京の言葉を拾ひあげるのであつた
キミントコハドコナンダ

少し鼻にかかつたその発音が気に入つて
コマツチヤツタのチヤツタなど
拾ひのこしたやうなかんじにさへなつて
晴れ渡つた空を見あげながら
しばらくは輝やく言葉の街に佇ずんでゐた

1936年8月号「むらさき」

天

草にねころんでゐると
眼下には天が深い

風
雲
太陽
有名なもの達の住んでゐる世界

天は青く深いのだ
みおろしてゐると
体軀(からだ)が落つこちさうになつてこはいのだ
僕は草木の根のやうに
土の中へもぐり込みたくなつてしまふのだ

1935年新年号「日本詩」

杭

一匹の守宮（やもり）が杭の頂点にゐる
三角の小さな頭で空をつついてゐる
ぽかぽかふくらみあがつた青い空
僕は土の中から生えて来たやうに
杭と並んで立つてゐる
僕の頂点によぢのぼつて来た奴は
一匹の小さな季節　かなしい春
奴は守宮を見に来たふりをして
そこで煙のやうにその身をくねらせてゐる

1938年3月30日号「グラフイツク」

求婚の広告

一日もはやく私は結婚したいのです
結婚さへすれば
私は人一倍生きてゐたくなるでせう
かやうに私は面白い男であると私もおもふのです
面白い男と面白く暮したくなつて
私ををつとにしたくなつて
せんちめんたるになつてゐる女はそこらにゐませんか
さつさと来て呉れませんか女よ
見えもしない風を見てゐるかのやうに
どの女があなたであるかは知らないが
あなたを
私は待ち佗びてゐるのです

掲載紙誌不明

若しも女を摑んだら

若しも女を摑んだら
丸ビルの屋上や煙突のてつぺんのやうな高い位置によぢのぼつて
大声を張りあげたいのである

つかんだ
つかんだ

つかんだあ　と張りあげたいのである

摑んだ女がくたばるまで打ち振って
街の横づらめがけて投げつけたいのである
僕にも女が摑めるのであるといふ
たつたそれだけの
人並のことではあるのだが

掲載紙誌不明

現金

誰かが
女といふものは馬鹿であると言ひふらしてゐたのである
そんな馬鹿なことはないのである
ぼくは大反対である
諸手を挙げて反対である
居候なんかしてゐてもそればかりは大反対である
だから
女よ
だから女よ
こつそりこつちへ廻つておいで
ぼくの女房になつてはくれまいか

掲載紙誌不明

唇のやうな良心

死ぬ死ぬと口にしたばかりに
そんな男に限つて死に切れないでゐるものばかりがあるばかりに
私にまでも
口ばつかりとおつしやるんで
私は死にたくなるのである
あなたの目は仏壇のやうにうす暗い
蔑視蔑視と言つて私はあなたの視線を防いでばかりゐるので
あなたを愛する暇が殆どないのでかなしいのである
えぷろんのぽけつとから　まつちをつまみ出したあなたの指を見ていた時からだつた
私は私の良心が　もしや唇のやうな恰好をしてゐるのではないかと
それがかなしくなるばかりである
だから
愛する愛すると私が言ふてゐるのに
嘘々とおつしやるのが素直すぎてかなしいのである

萌芽

空家のやうにがらんとしてゐる夜である
誰かそこにゐて
これがあるか　といふやうに
小指を僕に示して見せる相手があるならば
ないんだよ　と即答出来る自信で僕の胸はいつぱいなのである
蟹の眼のやうに僕は眼をとんがらせて夜ぢゆう小指のシノニムを夢見てゐる
公設市場で葱を指ざしてゐたあの女
追ひついて行つて横目で見てやつたときのあの女
女や女を
または女を思ひ出しながら
僕は夢見ている
今度といふ今度こそは女をみつけ次第
その場にひざまづいて僕は一言さ、げたいのである
女さまよ　と

掲載紙誌不明

立ち往生

眠れないのである
土の上に胡坐をかいてゐるのである
地球の表面で尖つてゐるものはひとり僕なのである
いくらなんでも人はかうしてひとりつきりでゐると
自分の股影に
ほんのりと明るむ喬木のやうなものをかんじるのである
そこにほのぼのと生き力が燃え立つてくるのである
生き力が燃え立つので
力のやり場がせつになつかしくなるのである
女よ　そんなにまじめな顔をするなと言ひたくなるのである
闇のなかにかぶりを晒してゐると
健康が重たくなつて
次第に地球を傾けてゐるのをかんじるのである

自己紹介

ここに寄り集つた諸氏よ
先ほどから諸氏の位置に就て考へてゐるうちに
考へてゐる僕の姿に僕は気がついたのであります

僕ですか?
これはまことに自惚れるやうですが
びんばうなのであります

掲載紙誌不明

食人種

嚙つた
父を嚙つた
人々を嚙つた
友人達を嚙つた
親友を嚙つた
親友が絶交する
友人達が面会の拒絶をする
人々が見えなくなる
父はとほくぼんやり坐つてゐるんだらう
街の甍の彼方
うすぐもる旅愁をながめ
枯草にねそべつて
僕は
人情の歯ざはりを反芻する

掲載紙誌不明

大儀

躓いたら転んでゐたいのである
する話も咽喉の都合で話してゐたいのである
また
久し振りの友人でも短か振りの友人でも誰とでも
逢へば直ぐに
さよならを先に言ふて置きたいのである
あるひは
食べたその後は　口も拭かないでぼんやりとしてゐたいのである
すべて
おもふだけですませて　頭からふとんを被つて沈澱してゐたいのである
言ひかへると
空でも被つて　側には海でもひろげて置いて　人生か何かを尻に敷いて
膝頭を抱いてその上に顎をのせて背中をまるめてゐたいのである

1936年6月号「四季」

無題

むろん理由はあるにはあつたがそれはとにかくとして
人々が僕を嫌ひ出したやうなので僕はおとなしく嫌はれてやるのである
嫌はれてやりながらもいくぶんははづかしいので
つい　僕は生きようかと思ひ立つたのである
暖房屋になつたのである
万力台がある　鉄管がある
鞴（ふいご）もある　チェントンもある　ネヂ切り機械もある
重量ばかりの重なり合つた仕事場である
いよいよ僕は生きるのであらうか！
鉄管をかつぐと僕のなかにはぷちぷち鳴る背骨がある
力を絞ると涙が出るのである

ヴイバーで鉄管にネヂを切るからであらうか
僕の心理のなかには慣性の法則がひそんでゐるかのやうに
なにもかにもネヂを切つてやりたくなるのである
目につく物はなんでも一度はかついでみたくなるのである
つひに僕は　僕の体重までもかついでしまつたのであらうか
夜を摑んで引つ張り寄せたいのである
そのねむりのなかへ体重を放り出したいのである

1935年新年号「日本詩」

疲れた日記

雨天
晴天
曇天
大抵の天の下は潜つてしまふたのです
街を歩いて拾ひ物を期待してゐるせいか
僕は猫背になつたのです
ある日
僕は言はなかつたのです
友よ　空腹をかんじつくらしてみようぢやないか　と
すると彼が僕に言つたのです
君には洋服が似合ふよ　と
僕もさう思ふ　と僕は答えたのです

朝になると
僕は岩の上で目を覚ましてゐたのです
潮風にぬれた頭を陽に干しながら　空腹や孝行に就いて考へながら
海鳥のやうに
海に口をさしむけてゐると
顎の下には渚の音がきこえるのです

1936年4月「世代」

妹へおくる手紙

なんといふ妹なんだらう
――兄さんはきつと成功なさると信じてゐます　とか
――兄さんはいま東京のどこにゐるのでせう　とか
ひとづてによこしたその音信(たより)のなかに
妹の眼をかんじながら
僕もまた　六、七年振りに手紙を書かうとはするのです
この兄さんは
成功しようかどうしようか結婚でもしたいと思ふのです
そんなことは書けないのです

東京にゐて兄さんは犬のやうにものほしげな顔してゐます
そんなことも書かないのです
兄さんは　住所不定なのです
とはますます書けないのです
如実的な一切を書けなくなつて
とひつめられてゐるかのやうに身動きも出来なくなつてしまひ
満身の力をこめてやつとのおもひで書いたのです
ミナゲンキカ
と　書いたのです

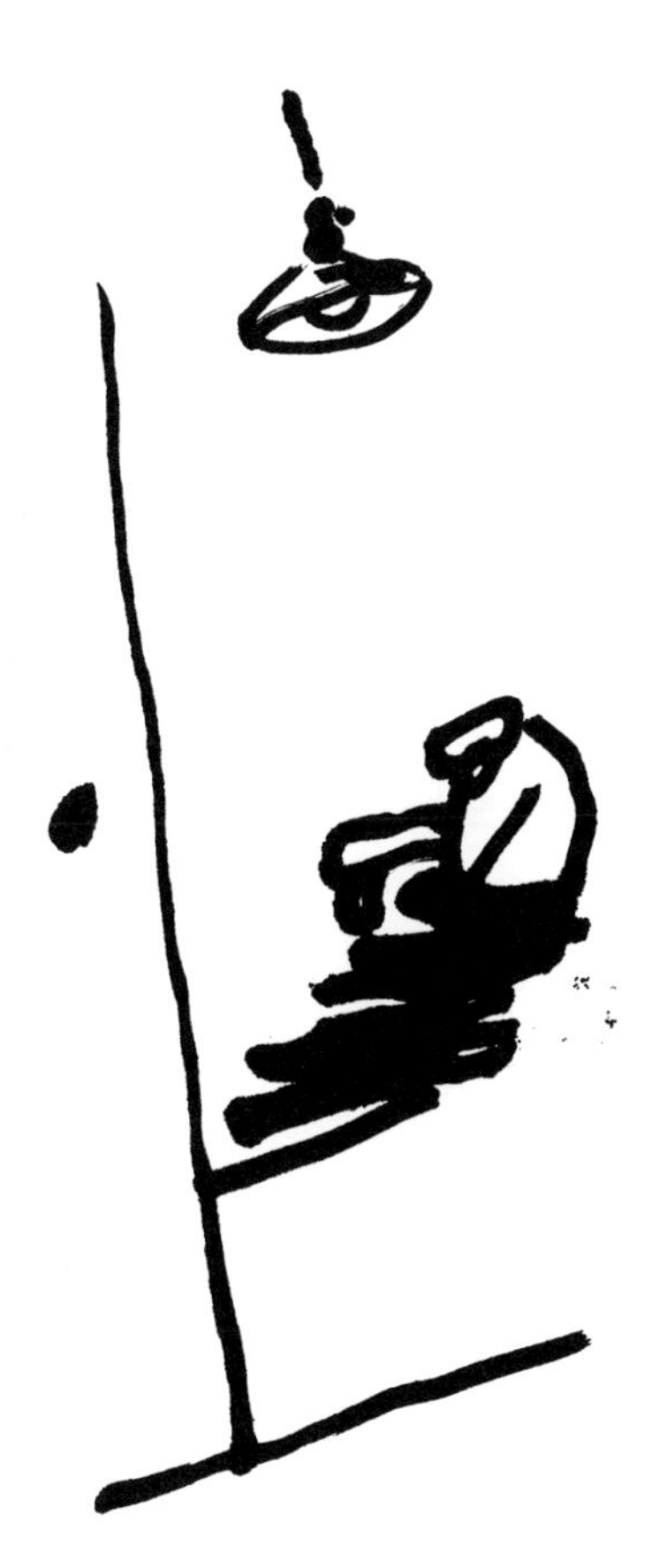

1935年新年号「日本詩」

賑やかな生活である

誰も居なかつたので
ひもじい　と一声出してみたのである
その声のリズムが呼吸のやうにひびいておもしろいので
私はねころんで思ひ出し笑ひをしたのである
しかし私は
しんけんな自分を嘲つてしまふた私を気の毒になつたのである
私は大福屋の小僧を愛嬌でおだててやつて大福を食つたのである
たとひ私は
友達にふきげんな顔をされても　侮蔑をうけても私は
メシツブでさへあればそれを食べるごとに　市長や郵便局長でもかまはないから
長の字のある人達に私の満腹を報告したくなるのである
メシツブのことで賑やかな私の頭である

頭のむかうには　晴天だと言つてやりたいほど無茶に　曇天のやうな郷愁がある
あつちの方でも今頃は
痩せたり煙草を吸つたり咳をしたりして　父も忙しからうとおもふのである
妹だつてもう年頃だらう
をとこのことなど忙しいおもひをしてゐるだらう
遠距離ながらも
お互さまにである
みんな賑やかな生活である

1937年8月「世代」

青空に囲まれた地球の頂点に立つて

まつしぐらに地べたを貫いて地球の中心をめがける垂直のやうに
私の姿勢は一匹の女を狙つてゐるのである
引力のやうな情熱にひつたくられてゐるのである
ひつたくられて胸も張り裂けて手足は力だらけになつて
女房女房と叫んでゐるので唇が千切れ飛んでしまふのである

中古の衣食住にくるまつて蓑虫のやうになつてはゐても
欲しいものは私もほんたうに欲しいのである

女房といふ物だけはおさがり物さへないのである
ついでに言ふが
よくも掻き集めて来たいろいろのおさがり物なのである
衣類も食物類も住所類もおさがりなのである
おさがりなのである

妻帯したら私は
女房の足首を摑んでその一塊の体重を肩に担ぎあげたいのである
機関車・電車・ビルディング・煙突など
街の体格達と立ち並んで汗を拭き拭き私は人生をひとまわりしたいのである
青空に囲まれた地球の頂点に立つて
みるみる妻帯する私になつて兵卒の礼儀作法よりももつとすばやくはつきりと
『これは女房であります』と言つてしまつて
この全身を私は男になり切りたいのである

1929年4月「現代詩評」

解体

食べものの連想を添へながら人を訪ねる癖があるとも言へる
ほんとうではあるが高尚ではない私なのである
私との交際は　つきあはないことが得策なのである
主観的なので誰よりもひもじい私なのである
方々の食卓に表現する食欲が　枯木のやうな情熱となつて生えてゐるのである
もうろうと目蓋は開いたままなのである
私の思想は死にたいやうでもある
私の体格は生きたいやうなのである
私は　雨にぬれた午後の空間に顔をつつこんでゐるのである
身を泥濘に突きさして私はそこに立ち止まつてゐるのである
全然なんにも要らない思想ではないのである
女とメシツブのためには大きな口のある体格なのである
馬鹿か白痴かすけべえか風邪のかの字にも値しない枯れた体格なのである
精神のことごとくが　あるこうるのやうに消えて乾いてしまふた体格なのである
なんと言つたらよいか
私は材木達といつしよに建築材料にでもなるであらうか

1929年4月「現代詩評」

夜

僕は間借りをしたのである
僕の所へ遊びに来たまへと皆に言ふたのである
そのうちにゆくよと皆は言ふのであつたのである
何日経つてもそのうちにはならないのであらうか
僕も　僕を訪ねて来る者があるもんかとおもつてしまふのである
僕は人間ではないのであらうか
貧乏が人間を形態して僕になつてゐるのであらうか
引力より外にはかんじることも出来ないで
僕は静物の親類のやうに生きてしまふのであらうか

大概の人生達が休憩してゐる真夜中である
僕は僕をかんじながら
下から照らしてゐる太陽をながめてゐるのである
とほい昼の街の風景が逆さに輝やいてゐるのをながめてゐるのである
まるい地球をながめてゐるのである

1937年3月号「むらさき」

光線

一文もない　と彼は言ふ
あつても健康なものにはもう貸さない　と彼は言ふ
さうして僕のかんがへは
借りるつもりで来たんだらう
借りると貰つたつもりになるんだらう
貰つたらまたも借りるつもりになつて来るんだらう
さうして僕の肉体は
どこからみても健康か
恥を被つてゐると眩しくなつて
目蓋を閉ぢたがなほ眩しい

1935年9月号「行動」

生きてゐる位置

死んだとおもつたら
生きてゐたのか　と
僕の顔さへみればいふやうだが
世間はまつたく気がはやい

僕は生きても生きてもなかなか死なないんで
死んだら最後だ地球が崩れても
どこまでも死んだまんまでゐたいとねがふほど
それは永いおもひをしながらも
呼吸（いき）をしている間は生きてゐるのだよ

1937年2月号「むらさき」

挨拶

『さよなら』と僕は言つた
『今夜はどこへ帰るの？』と女が言つた
僕もまた　僕が帰るんださうだとおもひながら戸外へ出る
僕の両側には　寝ついたばかりの街の貌がほてつてゐる
街の寝息は　僕の足音に円波をつくつて揺れてゐる
巡査の開いた手帖の上を　僕の足が歩いてゐる　足は　刑事に躓いて　よろける
石に躓いても　足はよろけてしまふのである
足に乗つてゐると　見覚えのある壁が近づいてくる　玄関が近づいてくる
足が逡巡すると　僕は足の上から上体を乗り出して　戸の隙間に唇をあてる
『すまないが泊めてくれ』
呼声が地球外に佇ずんでゐるからなんだらうか！
常識外れのした時刻(とき)を携へてゐるからか！

見るまでもなく返事をするまでもなく
それは僕であることに定めてしまつたかのやうに
黙々と開く戸である　戸は黙々と閉ざすのである
ところで　僕は帰つて来たのであらうか　這入つて見るとああこの部屋
坐つて見るとこの畳　かけて見るとこの蒲団　寝て見るとこのねむり
なにを見てもなにひとつ僕のものとてはないではないか
ある朝である
『おはやう』と女に言つた
『どこから来たの?』と僕に言つた
流石は僕のこひびとなんだらうか　僕もまた僕　あの夜この夜を呼び起こして
この陸上に打ち建てた僕の数ある無言の住居　あの友情達を振り返つた
『僕は方々から来るんだよ』

無機物

僕は考へる
ふたりが接吻したそのことを
娘さんを僕に呉れませんかといふ風に
縁談を申し込みたいと僕は言ふのだが
浮浪人のくせに　と女が言ふたんだといふやうに

ところが僕は考へる
浮浪人をやめたいとおもつてゐるそのことを
縁談はまとめて置いて直ぐにもその足で
人並位の生活をなんとか都合したいと僕は言ふのだが
それではものわらひになる　と女が言ふたんだといふやうに

ところが僕はまた考へるのか
とにかく縁談をはなしだけでもまとめて置きたいとおもふそのことを
だからこんなに僕が話しても僕のこころがわからぬのかと言ふのだが
さよなら　と女が言ふたんだといふやうに

恋愛してゐるその間
僕は知らずにゐたんだよ
現実ごとには仰天してゐるこの僕を

1934年11月号「日本詩」

マンネリズムの原因

子の親らが
産むならちやんと産むつもりで
産むぞ　といふやうに一言の意志を伝へる仕掛の機械
親の子らが
生れるのが嫌なら
嫌です　といふやうに一言の意見を伝へる仕掛の機械
そんな機械が地球の上には欠けてゐる
うちみたところ
飛行機やマルキシズムの配置のあるあたりたしかに華やかではあるんだが
人類くさい文化なのである
遠慮のないところ
交接が　親子の間にものを言はせる仕掛になつてはゐないんだから
地球の上がマンネリズムである
それみろ
生れるんだから生きたり
生きるんだから産んだり

食ひそこなつた僕

僕は　何を食ひそこなつたのか！

親兄弟を食ひつぶしたのである
女を食ひ倒したのである
僕をまるのみしたのである
どうせ生きたい僕なんだから何を食つても生きるんだが
食へば何を食つても足りないのか
いまでは空に背を向けて
物理の世界に住んでゐる
泥にまみれた地球をかじつてゐる

地球を食つても足りなくなつたらそのときは
風や年の類でもなめながら
ひとり　宇宙に居のこるつもりでゐるんだよ

1935年9月号「行動」

存在

僕らが僕々言つてゐる
その僕とは　僕なのか
僕が　その僕なのか
僕が僕だつて　僕が僕なら　僕だつて僕なのか
僕である僕とは
僕であるより外には仕方のない僕なのか
おもふにそれはである
僕のことなんか
僕にきいてはくどくなるだけである

なんとなればそれがである
見さへすれば直ぐにも解る僕なんだが
僕を見るにはそれもまた
もう一廻りだ
社会のあたりを廻つて来いと言ひたくなる

1936年5月号「現代詩」

僕の詩

僕の詩をみて
女が言つた

ずゐぶん地球がお好きとみえる

なるほど
僕の詩　ながめてゐると
五つも六つも地球がころんでくる

さうして女に
僕は言つた

世間はひとつの地球で間に合つても
ひとつばかりの地球では
僕の世界が広すぎる

1938年2月号「むらさき」

数学

安いめし屋であるとおもひながら腰を下ろしてゐると
側にゐた青年がこちらを振り向いたのである　青年は僕に酒をすすめながら言ふのである
アナキストですか
さあ！　と言ふと
コムミユニストですか
さあ！　と言ふと
ナンですか
なんですか！　と言ふと
あつちへ向き直る
この青年もまた人間なのか！　まるで僕までが
なにかでなくてはならないものであるかのやうに　なんですかと僕に言つたつて
既に生まれてしまふた僕なんだから
僕なんです

うそだとおもつたら
みるがよい
僕なんだからめしをくれ

僕なんだからいのちをくれ
僕なんだからくれくれいふやうにうごいてゐるんだが見えないのか！
うごいてゐるんだから
めしを食ふそのときだけのことなんだといふやうに生きてゐるんだが見えないのか！
生きてゐるんだから
反省するとめしが咽喉につかへるんだといふやうに
地球を前にしてゐるこの僕なんだが見えないのか！

それでもうそだと言ふのが人間なら
青年よ
かんがへてもみるがよい
僕なんだからと言つたつて　僕を見せるそのために死んでみせる暇などないんだから
僕だと言つても
うそだと言ふなら
神だとおもつて
かんべんするがよい

僕が人類を食ふ間
ほんの地球のあるその一寸の間

1935年2月号「文藝」

再会

詩人をやめると言つて置きながら　詩ばつかりを書いてゐるではないかといふやうに
ついに来たのであらうか
失業が来たのである

そこへ来たのが失恋である
寄越したものはほんの接吻だけで　どこへ消えてしまふたのか
女の姿が見えなくなつたといふやうに

そこへまたもである
またも来たのであらうか住所不定

季節も季節
これは秋

そろひも揃つた昔ながらの風体達
どれもこれもが暫らくだつたといふやうに大きな面をしてゐるが
むかしの僕だとおもつて来たのであらうか
僕をとりまいて
不幸な奴らだ幸福さうに笑つてゐる

1936年11月号「むらさき」

来意

もしもの話この僕が
お宅の娘を見たさに来たのであつたなら
をばさんあなたはなんとおつしやるか

もしもそれゆえはるばると
旗ヶ岡には来るのであると申すなら
なほさらなんとおつしやるか

もしもの話この話
もしもの話がもしものこと
真実だつたらをばさんあなたはなんとおつしやるか

きれいに咲いたあの娘
きれいに咲いたその娘
真実みないでこの僕がこんなにゆつくりお茶をのむもんか

猫

蹴つ飛ばされて
宙に舞ひ上り
人を越え
梢を越え
月をも越えて

神の座にまで届いても
落つこちるといふことのない身軽な獣
高さの限りを根から無視してしまひ
地上に降り立ちこの四つ肢で歩くんだ

1937年6月号「むらさき」

転居

詩を書くことよりも　まづめしを食へといふ
それは世間の出来事である
食つてしまつた性には合はないんだ
もらつて食つてもひつたくつて食つても食つてしまつたわけなんだ
死ねと言つても死ぬどころか
死ぬことなんか無駄にして食つてしまつたあんばいなんだ
ここに食つたばかりの現実がある
空つぽになつて露はになつた現実の底深く　米粒のやうに光つてゐた筈の
両国の佐藤さんをもついに食つてしまつた現在なんだ
陸はごらんの通りの陸である
食はうとしてもこれ以上は　食ふ物がなくなつたんだといふやうに
電信柱や塵箱なんか立つてゐて　まるでがらんとしてゐる陸なんだ
言はなくたつて勿論である
めしに飢えたらめしを食へ
めしも尽きたら飢えも食へ飢えにも飽きたら勿論なんだ

僕を見よ
引つ越すのが僕である
白ばつくれても人間面をして　世間を食ひ廻るこの肉体を引き摺りながら
石や歴史や時間や空間などのやうに　なるべく長命したいといふのが僕なんだ
お天気を見よ
それは天気のことなんだ
海を見よ
陸の隣りが海なんだ
海に坐つて僕は食ふ
甲板の上のその　生きた船頭さんをつまんで食ひながら
海の世間に向かつては時々大きな口を開けて見せるんだ
魚らよ
びつくりしなさんな
珍客はこんなに太つてゐても
陸の時代では有名な　いはゆる食えなくなつた詩なんだよ

1937年7月号「中央公論」

士族

往つたり来たりが能なのか
往つたばかりの筈なのに
季節顔してやつて来る

それが　春や夏らの顔ならまだよいが
四季を三季にしたいくらゐ見るのもいやなその冬が
木の葉を食ひ食ひこちらを見い見いやつて来る
両国橋を渡つて来る

来るのもそれはまだよいが
手を振り
睾丸振り
まる裸

裸もまだよい
あの食ひしんぼうが
なにを季節顔して来るのであらうか

第一
ここは両国ビルの空室である
たまには食つても食ふめしが　たまには見ても見る夢が
一から
十まで
借り物ばかり
その他しばらく血の気を染め忘れた　手首　足首　この首など
あるにはあるが僕の物

1937年7月号「人民文庫」

鼻のある結論

ある日
悶々としてゐる鼻の姿を見た
鼻はその両翼をおしひろげてはおしたたんだりして　往復してゐる呼吸(いき)を苦しんでゐた
呼吸は熱をおび
はなかべを傷めて往復した
鼻はつひにいきり立ち
身振り口振りもはげしくなつて　くんくんと風邪を打ち鳴らした
僕は詩を休み
なんどもなんども洟をかみ
鼻の様子をうかがひ暮らしてゐるうちに　夜が明けた
ああ
呼吸するための鼻であるとは言へ
風邪ひくたんびにぐるりの文明を掻き乱し
そこに神の気配を蹴立てて
鼻は血みどろに
顔のまんなかにがんばつてゐた

またある日
僕は文明をかなしんだ
詩人がどんなに詩人でも　未だ食はねば生きられないほどの
それは非文化的な文明だつた
だから僕なんかでも　詩人であるばかりではなくて汲取屋をも兼ねてゐた
僕は来る日も糞を浴び
去く日も糞を浴びてゐた
詩は糞の日々をながめ　立ちのぼる陽炎のやうに汗ばんだ
ああ
かかる不潔な生活にも　僕と称する人間がばたついて生きてゐるやうに
ソヴィエツト・ロシヤにも
ナチス・ドイツにも
また戦車や神風号やアンドレ・ジイドに至るまで
文明のどこにも人間がばたついてゐて
くさいと言ふには既に遅かつた

鼻はもつともらしい物腰をして
生理の伝統をかむり
再び顔のまんなかに立ち上がつてゐた

1937年9月特大号「改造」

襤褸は寝てゐる

野良犬・野良猫・古下駄どもの
入れかはり立ちかはる
夜の底
まひるの空から舞ひ降りて
襤褸は寝てゐる
夜の底
見れば見るほどひろがるやうひらたくなつて地球を抱いてゐる
襤褸は寝てゐる
餅が光る
うるさい光
眩しい餅

やがてそこいらぢゆうに眼がひらく
小石・紙屑・吸殻たち・神や仏の紳士も起きあがる
襤褸は寝てゐる夜の底
空にはいつぱい浮世の花
大きな米粒ばかりの白い花

1940年3月「昭和詩鈔」

上り列車

これがかうなるとかうならねばならぬとか
これがかうなればかうなるわけになるんだから
かうならねばこれはうそなんだとか
兄は相も変らず理屈つぽいが
まるでむかしがそこにゐるやうに
なつかしい理屈つぽい兄だつた
理屈つぽいはしきりに呼んでゐた
さぶろう
さぶろう　と呼んでゐた

僕は自分がさぶろうであることをなんねんもなんねんも忘れてゐた
どうにかすると理屈つぽいはまた
ばく
ばく　と呼んでゐた
僕はまるでふたりの僕がゐるやうに
ばくと呼ばれては詩人になり
さぶろうと呼ばれては弟になつたりした
旅はそこらに郷愁を脱ぎ棄てて
雪の斑点模様を身にまとひ
やがてもと来た道を揺られてゐた

1939年3月号「むらさき」

世はさまざま

人は米を食つてゐる
ぼくの名とおなじ名の
貘といふ獣は
夢を食ふといふ
羊は紙も食ひ
南京虫は血を吸ひにくる
人にはまた
人を食ひに来る人や人を食ひに出掛ける人もある

さうかとおもふと琉球には
うむまあ木といふ木がある
木としての器量はよくないが詩人みたいな木なんだ
いつも草場に立つてゐて
そこに来ては泣きくづれる
かなしい声や涙で育つといふ
うむまあ木といふ風変わりな木もある

1940年5月10日号「日本学藝新聞」

血

斉藤さんは発音した
だんだんだんだんということを
たんたんだんだんと発音した
それは矢張りのやはりのことを
それはやぱりと発音した
学校のことを
かっこう
下駄のことを
けたと発音した
こんな調子で斉藤さんはまずその
ごじぶんの名前の斉藤を
さいどうですと発音した

争えないのは血なのであるが
かなしいまでに生々と
大陸
大海
大空はむろん
たったひとりの人間の舌の端っこでも
血らは既に血を争っていた

斉藤さんは誰に訊かれても決して
ごじぶんの生れた国を言わなかった
言うには言うが
眉間のあたりに皺などよせて
九州です　と発音した

1941年5月「現代詩 昭和十六年春季版」

天から降りて来た言葉

しゃべる僕のこのしゃべり方が
ぼくの詩にそっくりだという
そこで僕が
またしゃべる
なにしろ僕も詩人なので
しゃべるばかりがぼくの詩に似ているのではないのである
ごはんの食べ方
わらい方
ものをかんがえる考え方
こいの仕方
うんこの仕方まで
どれもがまるでぼくの詩なのである

そこでぼくの
詩がおもう
いつまた天にのぼるのかこんな地べたに降りて来た
文語体らにしてみても
かれらが詩になるまでにはどうしても
ひとりぐらいの詩人は要る筈だ
いよいよはげしく立ち騒いでくる文明どもの音に入り混って
なりにけりとか
たりとかと
日常語にまでその文語体らを
生活できる詩人をひとりだ

第二章

結婚と暮らし

放浪時代、結婚から最も遠い場所にいた貘だったが、結婚願望は強く、そうした詩を幾篇も書いた。幸い願いは叶い、一九三七年、三十四歳で茨城県結城郡の小学校長の娘、安田静江と結婚した。新婚早々、年越しそばを食う金もない貧乏ぶりに静江は驚き、泣き続けたが、一九三九年に貘が東京府職業紹介所に就職したことで、生活はひとまず安定し、一九四四年には娘の泉も生まれた。

だが、その安定もわずかで一転して、妻子を背負った貘の新たな貧乏生活が幕を開けることとなる。一九四八年に職業紹介所を退職して、文筆一本の生活に入っていったのだ。収入は乏しい原稿料だけになった。そのうえ、泉を名門女子大学の付属小学校に入学させたために、高額な月謝が家計を圧迫し、それにともなって借金操業が始まった。原稿料の前借り、ありとあらゆる友人知人からの借金、質屋通い――。この借金操業は、結局、貘がこの世を去るまで続いた。

友引の日

なにしろぼくの結婚なので
さうか結婚したのかさうか
結婚したのかさうか
さうかさうかとうなづきながら
向日葵みたいに咲いた眼がある
なにしろぼくの結婚なので
持参金はたんまり来たのかと
そこにひらいた厚い唇もある
なにしろぼくの結婚なので
いよいよ食へなくなつたらそのときは別れるつもりで結婚したのかと
もはやのぞき見しに来た顔がある

なにしろぼくの結婚なので
女が傍にくつついてゐるうちは食へるわけだと云つたとか
そつぽを向いて臭(にほ)つた人もある
なにしろぼくの結婚なので
食ふや食はずに咲いたのか
あちらにこちらに咲きみだれた
がやがやがやがやがや
がやがやの
この世の杞憂の花々である

1940年7月「歴程」

思ひ出

枯芝みたいなそのあごひげよ
まがりくねつたその生き方よ
おもへば僕によく似た詩だ
るんぺんしては
本屋の荷造り人
るんぺんしては
煖房屋
るんぺんしては
お灸屋
るんぺんしては
おわい屋と
この世の鼻を小馬鹿にしたりこの世のこころを泥んこにしたりして
詩は
その日その日を生きながらへて来た

おもへば僕によく似た詩だ
やがてどこから見つけて来たものか
詩は結婚生活をくはへて来た
ああ
おもへばなにからなにまでも僕によく似た詩があるもんだ
ひとくちごとに光つては消えるせつないごはんの粒々のやうに
詩の唇に光つては消える
茨城生れの女房よ
沖縄生れの良人よ

1940年新年特大号「中央公論」

畳

なんにもなかつた畳のうへに
いろんな物があらはれた
まるでこの世のいろんな姿の文字どもが
声をかぎりに詩を呼び廻つて
白紙のうへにあらはれて来たやうに
血の出るやうな声を張りあげては
結婚生活を呼び呼びして
をつとになつた僕があらはれた

女房になつた女があらはれた
桐の箪笥があらはれた
薬罐と
火鉢と
鏡台があらはれた
お鍋や
食器が
あらはれた

1940年5月号「文藝」

喪のある景色

うしろを振りむくと
親である
親のうしろがその親である
その親のそのまたうしろがまたその親の親であるといふやうに
親の親の親ばつかりが
むかしの奥へとつづいてゐる
まへを見ると
まへは子である
子のまへはその子である
その子のそのまたまへはそのまた子の子であるといふやうに
子の子の子の子の子ばつかりが
空の彼方へ消えいるやうに
未来の涯へとつづいてゐる
こんな景色のなかに
神のバトンが落ちてゐる
血に染まつた地球が落ちてゐる

僕には是非とも詩が要るのだ
かなしくなっても詩が要るし
さびしいときなど詩がないと
よけいにさびしくなるばかりだ
僕はいつでも詩が要るのだ
ひもじいときにも詩を書いたし
結婚したかったあのときにも
結婚したいという詩があった

生きる先々

結婚してからもいくつかの結婚に関する詩が出来た
おもえばこれも詩人の生活だ
ぼくの生きる先々には
詩の要るようなことばっかりで
女房までがそこにいて
すっかり詩の味おぼえたのか
このごろは酸っぱいものなどをこのんでたべたりして
僕にひとつの詩をねだるのだ
子供が出来たらまたひとつ
子供の出来た詩をひとつ

1941年新年号「日本評論」

曲り角

産めよ
殖やせよの時勢にふさわしく
国策に副うたと女房は言う
たべものなどにしてみても
好きなわさびを当分はたべないと言い
小魚なんぞは骨ごとたべてしまう
女房の言うこと
為すことには
私的な味がなくなって
おなかばかりが目立ってきた

あるとき
僕はながめていた
桜の木のある曲り角から
おおきなおなかが現われた
むろんそれは一目みて
産めよ殖やせよの見事な国策とわかったが
女房の姿とわかったのは
しばらく経ってからのことみたいで
おなかに遅れてかなしそうに
息を喘いで現われて来た
その眼
その鼻
見てわかった

1942年6月号「新創作」

兄貴の手紙

大きな詩を書け
大きな詩を
身辺雑記には飽き飽きしたと来た
僕はこのんで小さな詩や
身辺雑記の詩などを
書いているのではないけれど
僕の詩よ
きこえるか
るんぺんあがりのかなしい詩よ
自分の着る洋服の一着も買えないで
月俸六拾五円也のみみっちい詩よ

弁天町あぱあとの四畳半にくすぶっていて
物音に舞いあがっては
まごついたりして
埃みたいに生きている詩よ
兄貴の手紙の言うことがきこえるか
大きな詩になれ
大きな詩に

1943年4月号「新文化」

土地1

利根川を渡って
私鉄にのりかえると
いきなり車内が
この土地らしくなるのだ
やろう　ばかやろ
このやろだのと
そんな言葉がやたらに耳にはいって来て
この土地らしくなってくるのか
困ったところに
疎開したものだと

この土地生れの女房に話しかけると
女房はいさゝかあわてたのだが
このばかやろがと
言いそこなったみたいに
沖縄生れの
くせにと来たのだ

1947年6月号「人間」

東に柿の木　西には樫の木
南は栗の木まじりの松林
北から東へかけて竹林
竹林を背にしてそこに
古ぼけたトタンの屋根をかむって
首をかしげてたゝずんでいる家
こゝがぼくらの疎開先で
女房の里の家なのだ

土地 2

奥の暗がりにいた老婆が
腰をあげて縁側に出て来たのだが
よく来たなあと歯のない口を開けた
女房の妹によく似た顔だ
老婆は両手をさしのべながら
女房の背中の赤ん坊に言った
どれどれこのやろ
来たのかこのやろと言った

1947年6月号「人間」

住めば住むほど身のまわりが
いろんなヤロウに化けて来るのだ
疎開当時の赤ん坊も
いつのまにやらすっかり
ミミコヤロウになってしまって
つぎはぎだらけのもんぺに
赤い鼻緒の赤いかんこで
いまではこの土地を踏みこなし

土地3

鼠を見ると
ネズミヤロウ
猫を見ると
ネコヤロウ
時にはコノヤロバカヤロなどと
おやじのぼくにぬかしたりするのだ
化けないうちにこの土地を
引揚げたいとはおもいながらだ

1947年6月号「人間」

疎開者

往きも帰りもそれが顔にひっかゝり
村の途は蜘蛛の巣がうるさいのだ
そこで義兄が裏の竹藪から
若いのを一本切り出して来た
竹はまもなくすてっきに変った
ぼくは竹のすてっきを振り廻しては
蜘蛛の巣をはらいのけ
振り廻してははらいのけて
未明の途を町の駅へと急ぐのだが

日暮れてはまたすてっきを
振り廻し振り廻し村に帰って来るのだ
ある日ぼくは東京の勤務先に
すてっきをおき忘れて帰って来た
女房から言われてふりむいて見ると
脱ぎ棄てたばかりの鉄兜に
煤色の蜘蛛がしがみついているのだ

1947年9月「歴程」

縁側のひなた

年を問われると小さなその指を
だまって四つそろえたのだが
お口はないのかなと言うと
口をとんがらかして
よっつと言い
膝の上にのっかって来ては
パパのしらがをぬくんだと言うのだ
いつのまにだかこのパパも
しらがと言われる白いものを
頭のところどころに植えては来たのだが

ミミコがたった四つと来たのでは
四十五歳のパパは大あわて
しらがはすぐに植えつけねばならぬので
ひなたぼっこもなにもあるものか
ミミコをお嫁にやるそのころまでに
白一色の頭に仕上げておいて
この腰なども
ひん曲げておかねばならぬのだ

1948年8月号「藝術」

ミミコ

おちんちんを忘れて
うまれて来た子だ
その点だけは母親に似て
二重のまぶたやそのかげの
おおきな目玉が父親なのだ
出来は即ち茨城県と
沖縄県との混血の子なのだ
うるおいあるひとになりますようにと
その名を泉とはしたのだが
隣り近所はこの子のことを呼んで
いずみこちゃんだの
いみちゃんだの
いみこちゃんだのと来てしまって
泉にその名を問えばその泉が
すまし顔して
ミミコと答えるのだ

1948年8月号「藝術」

ミミコの独立

こんな理屈をこねてみせながら
ミミコは小さなそのあんよで
まな板みたいな下駄をひきずって行った
土間では片隅の
かますの上に
赤い鼻緒の
赤いかんこが
かぼちゃと並んで待っていた

とうちゃんの下駄なんか
はくんじゃないぞ
ぼくはその場を見て言ったが
とうちゃんのなんか
はかないよ
とうちゃんのかんこをかりてって
ミミコのかんこ
はくんだ　と言うのだ

ヤマグチイズミ

きけば答えるその口もとには
迷い子になってもその子がすぐに
戻って来る筈の仕掛がしてあって
おなまえはときけば
ヤマグチイズミ
おかあさんはときけば
ヤマグチシズエ
おとうさんはときけば
ヤマグチジュウサブロウ

おいくつときけば
ヨッツと来るのだ
ところがこの仕掛おしゃまなので
時には土間にむかって
オーイシズエと呼びかけ
時には机の傍に寄って来て
ジュウサブロウヤとぬかすのだ

1948年8月号「藝術」

さつまをもらい
ねぎをもらい
たばこのはっぱをなんまいだか
もらったこともたしかなのだが
もらいに行って
もらって来たのではなかったのだ
疎開はまったく気の毒でなあとか言って
百姓が裏口からのぞいては
食えと出すのでそれをもらい
のぞいてはまたそれを
吸えと出すのでもらったのだ

闇と公

こんなことからのおつきあいで
女房と僕のとを合わせて百五拾円
その百姓に貸してあげたのだ
百姓はまもなく借りを返しに来たのだが
お米でとってくれまいかと
一升枡きっかりの
闇をそこに置いた
貸したお金は公なのだが

ぼくらのことをこの土地では
疎開　疎開で呼び棄てるのだ
炭屋にいるのが
すみや疎開
卵屋にいるのが
たまごや疎開
前の家のがまえの疎開
裏の家のがうらの疎開
ぼくの一家もまたうちそろって
安田家の背中にすがっているものだから
やすだ疎開と呼び棄てるのだ

蠅

いずれはみんなこの土地を
追っぱらわれたり飛び立ったりの
下駄ばき靴ばきの
蠅なのだ
ぼくらはこの手を摺り摺りするが
天にむかって
気を揉み合っているのだ

1947年7月21日号「朝日新聞」

汽車

汽車はその発着に定刻があるのだ
定刻は即ち約束の筈なのだが
発車はたびたび遅れ
その到着もまた
遅れることたびたびなのだ
人々はそのためにそこに蹲まり
あちらに立ちつくしここにはしゃがみ
腕組みをしたり顎をなでたり
あくびをしながら重たくたむろして
遅れた約束を待ちつづけた

しかし科学的なこの車でも
非科学的な車なのか
遅れることによってはたびたび
約束を破りはするのだが
遅れることによって
約束を果したためしがないのだ

ことしこそはと
ぼくのみる夢
柿板葺の家を建てる夢
ひとまをこどもと女房の部屋に
ひとまはぼくの仕事部屋
ふたまもあれば沢山の
ぼくの家を建てる夢

初夢

生きたり死んだりをそこで
繰り返そうと
七坪ほどの
家を建てる夢
ことしこそはと
みるのだが
坪一万にみたところで
七万はかかる夢。

1949年1月9日号「東日ダイジェスト」

それらの絵をとんちゃんが
一々指さしてきくと
ミミコがそれに答えて言った
これはときくと
ボウシ
それはときくと
ウサギ
これはときくと
タイコ

編上靴

それはときくと
ヒヨコ
これはときくと
オクツ
そこでとんちゃんがミミコに
よしそれじゃそのお靴
なんという靴なんだいときくと
小首をかしげてつまったか
ミジカナガグツと言ってのけた

ぶらさがっている奴
しがみついている奴
屋根のへんにまでへばりついている奴
奴らはみんなそこにせり合って
色めき光り生きてはいるのだが
どの生き方も
いのちまる出しの
出来合いばかりの
人間なのだ

常磐線風景

汽車は時に
奴らのことを
乗せてはみるが振り落して行った
線路のうえにところがる奴
田圃のなかへとめりこんでしまう奴
時にはまた
まるめられて
利根川の水に波紋となる奴

1949年4月号「文藝往来」

おまえのお供はつらいと言うと
んじゃこうやってまっててよと来て
ミミコは鼻をつまんでみせるのだ
そこでぼくは鼻をつまんで
お、くちゃいと言ったところ
うそだいミミコのなんか
くちゃいんじゃないやと言うのだ

巴

ミミコのうんこでもごめんだと言うと
かあさんなんかいつだって
お、い、においって
いうんだもんと来たのだ
いうんだもんと来たのだが
失礼なことを言うかあさんだ
いつでも鼻をつまんでしまうくせに
そしてそのまたはなごえで
お、い、においって言うからだ

1949年6月号「婦人」

親子

大きくみひらいたその眼からして
ミミコはまさに
この父親似だ
みればみるほどぼくの顔に
似てないものはひとつもないようで
鼻でも耳でもそのひとつびとつが
ぼくの造作そのまゝに見えてくるのだ
ただしかしたったひとつだけ
ひそかに気を揉んでいたことがあって

歩き方までもあるいはまた
父親のぼくみたいな足どりで
いかにももつれるみたいに
ミミコも歩き出すのではあるまいかと
ひそかにそのことを気にしていたのだ
まもなくミミコは歩き出したのだが
なんのことはない
よっちよっちと
手の鳴る方へ
まっすぐに地球を踏みしめたのだ

1950年11月号「電信電話」

相子

どさくさまぎれの汽車にのっていて
ぼくは金入を掏られたのだ
掏られてふんがいしていると
ふんがいしているじぶんのことが
おかしくなってふき出したくなって来た
まあそうふんがいしなさんなと
とんまな自分に言ってやりたくなったのだ
もっとも金入にいれておくほどの
お金なんぞはなかったが
金入のなかはみんなの名刺ばかりで
はち切れそうにふくらんでいたのだ

いまごろは掏った奴もまた
とんまな顔つきをして
名刺ばかりのつまった金入に
ふんがいしているのかも知れないのだ
奴はきっと
鉄橋のうえあたりに来て
そっとその金入を
窓外に投げ棄てたのかも知れないのだ

1950年9月号「文藝」

たねあかし

この日　一家を引き連れて
疎開地から東京に移り
練馬の月田家に落ちついた
ミミコはあたりを見廻していたのだが
ふたばんとまったらまたみんなで
いなかのおうちへ
かえるんでしょときくのだ
ぼくはかぶりを横に振ったのだが
疎開当時のぼくはいかにも
鉄兜などをかむってはたびたび
二晩泊りの上京をしたものだ

ミミコはやがて庭の端から戻ったのだが
とうきょのおにわってどこにも
はきだめなんか
ないのかしらと来たのだ
ぼくはあわて、腰をあげてしまい
田舎の庭の一隅をおもい出しながら
おしっこだろときけばずばり
こっくりと来てすまし顔だ

1951年2月号「人間」

税金のうた

地球のうえを
ぼくは夢中で飛び廻った
税金ならばかかって来ないほど
ぼくみたいなものにはありがたいみたいで
かかって来てもなるべく
税金というのはかるいほど
誰もの理想に叶っているのではなかろうかと
ぼくはそのようにおもいながらも
免税を願っているのでもなければ
差押えなんぞくらいたいほどの
物のある身でもないのだ
ぼくは自分の家庭に
納めなくてはならない筈の生活費でさえも
現在まさに滞りがちなところ

税金だけは借りてもなんとか納めたいものと
地球のうえを
金策に飛び廻った
ところが至るところに
ぼくは前借のある身なのであったのだ
いま地球の一角に
空しく翼をやすめ
どんな風にして税金を納めるかについてぼくは考えているところなのだ
文化国家よ
耳をちょいと貸してもらいたい
ぼくみたいな詩人が詩でめしの食えるような文化人になるまでの間を
国家でもって税金の立替えの出来るくらいの文化的方法はないものだろうか。

1951年2月号「文藝」

借金を背負って

借りた金はすでに
じゅうまんえんを越えて来た
これらの金をぼくに
貸してくれた人々は色々で
なかには期限つきの条件のもあり
いつでもい、よと言ったのもあり
あずかりものを貸してあげるのだから
なるべく早く返してもらいたいと言ったのや
返すなんてそんなことなど
お気にされては困ると言うのもあったのだ
いずれにしても
背負って歩いていると
重たくなるのが借金なのだ

その日ぼくは背負った借金のことを
じゅうまんだろうがなんじゅうまんえんだろうが
一挙に返済したくなったような
さっぱりとしたい衝動にかられたのだ
ところが例によって
その日にまた一文もないので
借金を背負ったまゝ
借りに出かけたのだ

1951年10月号「小説新潮」

博学と無学

あれを読んだか
これを読んだかと
さんざん無学にされてしまった揚句
ぼくはその人にいった
しかしヴァレリーさんでも
ぼくのなんぞ
読んでない筈だ

人の酒

飲んでうたっておどったが
翌日その店の名をきかれて
ぼくは返事にこまった
人の酒ばかりを
飲んで歩いているので
店の名などいらないのだ

1951年11月4日号「サン写真新聞」

ぼすとんばっぐ

ぼすとんばっぐを
ぶらさげているので
ミミコはふしぎな顔をしていたが
いつものように
手を振った
いってらっしゃあいと
手を振った
ぼくもまたいつものように
いってまいりまあすとふりかえったが
まもなく質屋の
門をくぐったのだ

1952年1月号「歴程」

借り貸し

たのむ
たのむと拝み倒して
ぼくはその人に借りたのだが
その人はその金の
催促に来て
まるでぼくのことを拝み倒すみたいに
たのむ
たのむと言うのだ

1952年6月号「文藝春秋」

泡盛屋に来て
泡盛を前にしているところを
うしろからぽんと
肩をたゝかれた
ふりむいてみるとまたかれなのだが
いつぞや駅前のひろばで
ぽんと肩をたゝいたのもかれ

影

満員電車の吊皮の下で
ぽんと肩をたゝいたのもかれで
乗ったり歩いたり飲んだりも
うっかりは出来なくなってしまったのだ
かれはいつでもぼくのことを
うしろからばかり狙って来て
ぽんと肩をたゝいては
ひとなつっこそうなまなざしをして
このあいだのあの金
いつ返すんだいとくるのだ

1952年9月「列島」

彼我

その後その人に
なんども逢ったのだが
なんど逢っても逢うたんびに
金の催促をぼくにしないことはないのだ
それでその日も
雨の池袋駅前で
またかとおもって立ちすくんでいたのだが
どうやらかれの
眼からのがれたのだ

ぼくはそのま、そこに小さくなりながら
外れた催促を見送るみたいに
かれの姿を見送ったのだが
かれはびしょぬれのこうもりをつぼめると
わき眼もふらずに
顎を突き出しながら
駅の段々を
のぼって行った

1952年9月号「小説新潮」

珈琲店

のんでものまなくても
ぼくはかならずなのだ
一日に一度はこの珈琲店に来て
いかにもこのように
ひとやすみしているのだ
置き手紙の男はそれを知っているからで
このあいだの金を至急に
返してほしいと来たわけなのだ

右を見て左を見て

ミミコのことを
おつかいに出すたんびに
右を見て左を見てと
念をおすのだが
家のすぐまんまえが通りになっている
あめりかさんの自動車の
往ったり来たりがひんぱんなのだ
通りを右へ行くと
石神井方面で
かれらの部落がその先にあるというのだ

左は目白廻りで
都心へ出るのだ
ミミコは買いもの籠をかかえて
いつでもそこのところで立ち止るのだが
右を見て左を見てまた右を見て
それからそこの通りを
まっすぐに突っ切るのだ。

1953年12月号「婦人朝日」

鹿と借金

山の手のでぱあとの一角に
珈琲の店を経営しているとかで
うまい珈琲を
ごちそうしたいとかれは言った
岬の方には釣舟をもっているとかで
釣へも案内したいとかれは言った
なかでも自慢なのは鉄砲とかで
いずれそのうちに
鹿を射止め
鹿の料理をごちそうしたいとかれは言った
ぼくはかれに逢うたんびに
いまにもそこに出て来そうな

鹿だの釣だの珈琲だのをたのしみにして
かれの顔をのぞいては
まだかとおもったりしないではいられなかった
ところがどうにも仕方のないことがあって
ぼくはついかれに
金を借りてしまったのだ
そのかわりみたいにそれっきり
ごちそうの話がひっこんでしまって
金の催促ばかりが出てくるのだ

1954年2月増大号「小説新潮」

自問自答

返したためしも
ないくせに
お金がはいったらこんどこそ
返そう返そうと
ぼくはおもっているのだが
つまりお金のない病気なのだ
それでたまに
お金を手にしてみると
ほっとしたはずみに
つい忘れるのだ

1954年4月1日号「共済組合新聞」

柄にもない日

ぼくはその日
借りを返したのだが
ぼくにしては似てもつかない
まちがったことをしたみたいな
柄にもない日があるものだ
だから鬼までがきまりわるそうにして
ぼくの返したその金をうけとりながら
おかげでたすかったと
礼をのべるのだ

1954年9月増大号「小説新潮」

萎びた約束

結婚したばかりの若夫婦の家なので
お気の毒とはおもいながらも
二カ月ほどのあいだをと
むりにたのんでぼくの一家を
この家の六畳の間においてもらったのだ
若夫婦のところにはまもなくのこと
女の子が生れたので
ぼくのところではほっとしたのだ
つぎに男の子が生れて
ぼくのところではまたほっとしたのだ
現在になってはそのつぎのが
まさに生れようとしているので
ぼくのところではそのうちに
またまたほっとすることになるわけなのだ

それにしてもなんと
あいだのながい二カ月なのだ
すでに五年もこの家のお世話になって
萎びた約束を六畳の間に見ていると
このまま更にあとなんねんを
ぷらすのお世話になることによって
いこおる二カ月ほどになるつもりなのかと
ぼくのところではそのことばかりを
考えないでは一日もいられないのだが
いつ引越しをするのかとおもうと
お金のかかる空想になってしまって
引越してみないことには解けないのだ。

1954年7月特大号「群像」

年越の詩（うた）

ぼくはこんなぼくのことをおもいうかべて
火のない火鉢に手をかざしていたのだが
ことしはこれが
入れじまいだとつぶやきながら
風呂敷包に手をかけると
恥かきじまいだと女房が手伝った。

詩人というその相場が
すぐに貧乏と出てくるのだ
ざんねんながらぼくもぴいぴいなので
その点詩人の資格があるわけで
至るところに借りをつくり
質屋ののれんもくぐったりするのだ
書く詩も借金の詩であったり
詩人としてはまるで
貧乏ものとか借金ものとか
質屋ものとかの専門みたいな
詩人なのだ

1954年12月29日号「産業経済新聞」

処女詩集

「思辨の苑」というのが
ぼくのはじめての詩集なのだ
その「思辨の苑」を出したとき
女房の前もかまわずに
こえはりあげて
ぼくは泣いたのだ
あれからすでに一五、六年も経ったろうか
このごろになってまたそろそろ
詩集を出したくなったと
女房に話しかけてみたところ
あのときのことをおぼえていやがって
詩集を出したら
また泣きなと来たのだ

1955年5月号「小説新潮」

玄関

呼び鈴の音にうなされて
あわてて玄関に出てみると
あるばいとなんですがと云うわけなのだ
まあ間に合っていますと断わると
ひとつでもいいんですが
買って下さいなのだ
またにして下さいと尻込みすると
見るだけだって
見て下さいなのだが

お金がないのでは見るのもいやなので
首を横にうち振ったのだ
かれは風呂敷包を小脇にかかえなおして
玄関を見廻していたのだが
こんな檜づくりの大きな家に住んでいて
ひとつぽっちも買わないなんて法が
あるもんですかと吐き出したのだ
いかにもぼくの家みたいで
まるでもっての外みたいだ

1955年8月17日号「東京新聞」

紳士寸感

ぼくさんらしくも
ないじゃないかと
言われてみればいかにも
ぼろが似合いのぼくだったのか
だぶるぼたんの
この服よ
着ろとよこした先輩は
ぼろよりましだと
よこしたのだが

1956年7月号「文藝春秋」

芭蕉布

上京してからかれこれ
十年ばかり経っての夏のことだ
とおい母から芭蕉布を送って来た
芭蕉布は母の手織りで
いざりばたの母の姿をおもい出したり
暑いときには芭蕉布に限ると云う
母の言葉をおもい出したりして
沖縄のにおいをなつかしんだものだ
芭蕉布はすぐに仕立てられて
ぼくの着物になったのだが

ただの一度もそれを着ないうちに
二十年も過ぎて今日になったのだ
もちろん失くしたのでもなければ
着惜しみをしているのでもないのだ
出して来たかとおもうと
すぐにまた入れるという風に
質屋さんのおつき合いで
着ている暇がないのだ。

1957年8月号「キング」

口のある詩

たびたび出かけて
出かけるたんびに
借りて来ない日はないみたいで
借りて来る金はそのたんびに
口のなかにいれるので
口のために生きているのかと
腹の立つ日がたび重なって来たのだ

その日それで口を後廻しに
わめき立てる生理に逆らいながら
ペンを握って詩を夢みていたところ
おもいなおしてひそかに
これまでの借りを調べてみたのだが
住宅難も口のせいみたいなものか
十坪そこらの家ならば
すぐにも建つ筈の
借りを食っているのだ

1957年6月号「小説新潮」

十二月

銀杏の落葉に季節の音を踏んで
訪ねて見えたはじめての
若いジャーナリストがふしぎそうに
ぼくの顔のぐるりを見廻して云うのだ

こんな大きなりっぱな家に
お住いのこととは知らなかったと云うのだ
それで御用件はとうかがえば
かれは頭をかいてまたしても
あたりを見廻して云うのだ

それが実は申しわけありません
十二月の随筆をおねがいしたいのだが
書いていただきたいのはつまり先生の
貧乏物語なんですと云うのだ

1957年11月30日号「新潟日報」

石に雀

ぺんを投げ出したのが
暁方なのに
寝たかとおもうと
梃子を仕掛ける奴がいて
いつまで寝ているつもりなんですか
起きてはどうです
起きないいんですかとくるのだ
何時なんだい
と寝返りをうつと
何時もなにもあるもんですか
お昼というのにいつまでも

寝っころがっていてなんですかとくるのだ
降っているのかい
とまた寝返りをうつと
照っているのに
ねぼけなさんなとくるのだ
降っている音がしているんじゃないか
雨じゃないのかい
と重い頭をもたげてみると
女房は箒の手を休め
トタン屋根の音に耳を傾けたのだが
あし音なんですよ
雀の　と来たのだ

1958年4月1日号「産経時事」

首

はじめて会ったその人がだ
一杯を飲みほして
首をかしげて言った
あなたが詩人の貘さんですか
これはまったくおどろいた
詩から受ける感じの貘さんとは
似てもつかない紳士じゃないですかと言った
ぼくはおもわず首をすくめたのだが
すぐに首をのばして言った
詩から受ける感じのぼろ貘と
紳士に見えるこの貘と
どちらがほんもの、貘なんでしょうかと言った
するとその人は首を起して
さあそれはと口をひらいたのだが
首に故障のある人なのか
またその首をかしげるのだ

酔漢談義

ぼくに2号があるとは
それは初耳だと言うと
そうじゃないかよそれで毎晩
帰りがおそいんじゃないかよと言う
飲んで酔っぱらって
おそくなったにすぎないのだが
ないものをあるみたいに探るので
腹が立って来て
損をしているみたいだ

1960年4月号「文藝春秋」

ろまんす・ぐれい

ラジオ屋さんが帰ったあとだ
ぼくの顔を見て
ミミコが云ったのだ
うちのにしては上出来で
真新しいものを買ったと云えば
ラジオがはじめてなんでしょうと云った
すると横から
女房が云ったのだ
パパはなんでもお古が好きなんで
机がお古で本棚もお古だ
電気スタンドだってなんだって
古道具屋さんのが好きなんだと云った
そこでぼくにしてみればだ
余計なことはしたおぼえがないので
余計なことを云うなと云った

1960年10月号「小説新潮」

月見草談義

やがて日暮れになると朝が来たみたいに
露の気配でめをさますのか
ぽっかりと蕾をひらいて身ぶるいし
身ぶるいをしてはぽっかりと
黄色い蕾をひらくのだが
真夜なかともなれば一斉にめざめていて
真昼顔して生きる草なのだ
ぼくはそれでその月見草のことを
梟みたいな奴だと云うのだが
うちの娘に云わせると
パパみたいな奴なんだそうな

昼間の明るいうちは眼をつむり
昨日の花もみすぼらしげに
萎びてねじれたほそい首を垂れ
いまが真夜なかみたいな風情をして
陽の照るなかをうつらうつら
夢から夢を追っているのだ

掲載紙誌不明

表札

ぼくの一家が月田さんのお宅に
御厄介になってまもなくのことなんだ
郵便やさんから叱られてはじめて
自分の表札というものを
門の柱にかかげたのだ
表札は手製のもので
自筆のペン字の書体を拡大し
念入りにそれを浮彫りにしたのだ
ぼくは時に石段の下から
ふり返って見たりして街へ出かけたのだ

ところがある日ぼくは困って
表札を取り外さないではいられなかった
ぼくのにしてはいささか
豪華すぎる表札なんで
家主の月田さんがいかにも
山之口貘方みたいに見えたのだ

1961年11月号「婦人之友」

かれの奥さん

帰りが夜なかになったりすると
おそすぎるんだのなんだのとはじまって
隠し女があるんだのとわめき立て
安眠の妨害をするとのことなのだ
それでかれは昨夜もまた
なぐりつけたと云うのだが
亭主のふるまいはとにかくとしてだ
よく似た奥さんもあるもので
うちのだけではないようだ

煙草を吸えば吸うたんびに
吸いすぎるんだのなんだのと来て
いまにも肺癌とかに
なるみたいなことを云い
酒を飲めば飲むたんびにだ
飲みすぎるんだのなんだのと来て
すぐにも胃潰瘍だか胃癌だかで
死ぬより外にはないみたいなことを云い

十二月のある夜

十二月のある夜　金のことで
ホテルのマダムを詩人が訪ねた
マダムはそっぽを向いて言った
お金のことなんて
詩人らしくもないことです
俗人の口にするみたいなことを
詩人がおっしゃるもんじゃないですよ
お金に用のないのが詩人なんで
詩人は貧乏であってこそ
光を放ち尊敬もされるんです
詩人はそこでかっとなり
借りに来たことも忘れてしまって
また一段と光を添えていた

1961年12月15日号「週刊朝日」

ある家庭

またしても女房が言ったのだ
ラジオもなければテレビもない
電気ストーブも電話もない
ミキサーもなければ電気冷蔵庫もない
電気掃除器も電気洗濯機もない
こんな家なんていまどきどこにも
あるもんじゃないやと女房が言ったのだ
亭主はそこで口をつぐみ
あたりを見廻したりしているのだが
こんな家でも女房が文化的なので
ないものにかわって
なにかと間に合っているのだ

1962年3月号「電信電話」

首をのばして

出版記念会と来ると
首をすくめてそれを見送り
歓送会と来ると
首をすくめてそれを見送り
祝賀会と来ると
首をすくめてそれを見送り
歓迎会と来ると
首をすくめてそれを見送り

会あるたんびに
首をすくめては
いろんな会を見送って来た
ある日またかとおもって
首をすくめていると
いいえお顔だけで結構なんです
会費の御心配など
いらないいんですと言う

桃の花

いなかはどこだと
おともだちからきかれて
ミミコは返事にこまったと言うのだ
こまることなどないじゃないか
沖縄じゃないかと言うと
沖縄はパパのいなかで
茨城がママのいなかで
ミミコは東京でみんなまちまちと言うのだ
それでなんと答えたのだときくと
パパは沖縄で
ママが茨城で
ミミコは東京と答えたのだと言うと
一ぷくつけて
ぶらりと表へ出たら
桃の花が咲いていた

1963年2月21日号「家庭信販」

ひそかな対決

ぱあではないのかとぼくのことを
こともあろうに精神科の
著名なある医学博士が言ったとか
たった一篇ぐらいの詩をつくるのに
一〇〇枚二〇〇枚三〇〇だのと
原稿用紙を屑にして積み重ねる詩人なのでは
ぱあではないのかと言ったとか
ある日ある所でその博士に
はじめてぼくがお目にかゝったところ

お名前はかねがね
存じ上げていましたとかで
このごろどうです
詩はいかがですかと来たのだ
いかにもとぼけたことを言うもので
ぱあにしてはどこか
正気にでも見える詩人なのか
お目にかゝったついでにひとつ
博士の診断を受けてみるかと
ぼくはおもわぬのでもなかったのだが
お邪魔しましたと腰をあげたのだ

野次馬

これはおどろいたこの家にも
テレビがあったのかいと来たのだが
食うのがやっとの家にだって
テレビはあって結構じゃないかと言うと
貰ったのかいそれとも
買ったのかいと首をかしげるのだ
どちらにしても勝手じゃないかと言うと
買ったのではないだろ
貰ったのだろと言うわけなのだ

いかにもそれは真実その通りなのだが
おしつけられては腹立たしくて
余計なお世話をするものだと言うと
またしてもどこ吹く風なのか
まさかこれではあるまいと来て
物を摑むしぐさをしてみせるのだ

1963年4月号「地上」

第三章　故郷沖縄

日米講和条約により、沖縄が日本から切り離されることになった一九五一年、貘はその直前に、「沖縄よどこへ行く」を書く。それまで、貘の詩に沖縄や琉球が出てくることはほとんどなかったが、この詩から、故郷の痛みに思いを馳せる作品が増えていった。

沖縄の祖国復帰を願った貘は、池袋西口の「おもろ」という泡盛屋で、毎月第三日曜日の夜に、画家の南風原朝光、詩人の伊波南哲らと沖縄舞踊の会を催し、沖縄問題を訴えていた。故郷で展開されている復帰運動の一助にしようと始めたものだった。この場で貘が十八番の「浜千鳥」を踊ると、満員の店内がどっと沸いた。

一九五八年十一月、五十五歳の貘は、三十四年ぶりに沖縄に帰郷した。ある程度の変わり様は覚悟していたものの、船を降りて島の土を踏んだとたんにショックを受けた。人々の口からウチナーグチが消えていたのだ。沖縄は、方言までも戦争にやられてしまっていた。

沖縄よどこへ行く

蛇皮線の島
泡盛の島

詩の島
踊りの島
唐手の島

パパイヤにバナナに
九年母などの生る島

蘇鉄や龍舌蘭や榕樹の島
仏桑花や梯梧の真紅の花々の
焔のように燃えさかる島

いま　こうして郷愁に誘われるま、
途方に暮れては

また一行ずつ
この詩を綴るこのぼくを生んだ島
いまでは琉球とはその名ばかりのように
むかしの姿はひとつとしてとめるところもなく
島には島と同じぐらいの
舗装道路が這っているという
その舗装道路を歩いて
琉球よ
沖縄よ
こんどはどこへ行くというのだ

おもえばむかし琉球は
日本のものだか
支那のものだか
明っきりしたことはたがいにわかっていなかったという
ところがある年のこと
台湾に漂流した琉球人たちが
生蕃のために殺害されてしまったのだ

そこで日本は支那に対して
まずその生蕃の罪を責め立て、みたのだが
支那はそっぽを向いてしまって
生蕃のことは支那の管するところではないと言ったのだ
そこで日本はそれならばというわけで
生蕃を征伐してしまったのだが
あわて出したのは支那なのだ
支那はまるで居なおって
生蕃は支那の所轄なんだと
こんどは日本に向ってそう言ったと言うのだ
すると日本はすかさず
更にそれならばと出て
軍費償金というものや被害者遺族の撫恤金とかいうものなどを
支那からせしめてしまったのだ
こんなことからして
琉球は日本のものであるということを
支那が認めることになったとかいうのだ
それからまもなく
廃藩置県のもとに

ついに琉球は生れかわり
その名を沖縄県と呼ばれながら
三府四十三県の一員として
日本の道をまっすぐに踏み出したのだ
ところで日本の道をまっすぐに行くのには
沖縄県の持って生れたところの
沖縄語によっては不便で歩けなかった
したがって日本語を勉強したり
あるいは機会あるごとに
日本語を生活してみるというふうにして
沖縄県は日本の道を歩いて来たのだ
おもえば廃藩置県この方
七十余年を歩いて来たので
おかげでぼくみたいなものまでも
生活の隅々まで日本語になり
めしを食うにも詩を書くにも泣いたり笑ったり怒ったりするにも
人生のすべてを日本語で生きて来たのだが
戦争なんてつまらぬことなど
日本の国はしたものだ

それにしても
蛇皮線の島
泡盛の島
沖縄よ
傷はひどく深いときいているのだが
元気になって帰って来ることだ
蛇皮線を忘れずに
泡盛を忘れずに
日本語の
日本に帰って来ることなのだ

おさがりの思い出

風景にしても
風俗にしても
むかしの沖縄の姿など
いまでは見る影さえもないのだという
ぼくは戦後の
ふるさとの話を
風のたよりにききながら
がじまるの樹など眼にうかべ
でいごの花を眼にうかべ
少年の日に着て歩いた
兄貴のおさがりの
芭蕉布(ぱさあぐゎぁ)のことなど
眼に浮かべたりした。

1952年8月号「装苑」

耳と波上風景

ぼくはしばしば
波上（なんみん）の風景をおもい出すのだ
東支那海のあの藍色
藍色を見おろして
巨大な首を据えていた断崖
断崖のむこうの
慶良間島
芝生に岩かげにちらほらの
浴衣や芭蕉布の遊女達
ある日は龍舌蘭や阿旦など
それらの合間に
とおい水平線

くり舟と
山原舟の
なつかしい海
沖縄人のおもい出さずにはいられない風景
ぼくは少年のころ
耳をわずらったのだが
あのころは波上に通って
泳いだりもぐったりしたからなのだ
いまでも風邪をひいたりすると
わんわん鳴り出す
おもい出の耳なのだ

1953年3月「おきなわ」

がじまるの木

ぼくの生れは琉球なのだが
そこには亜熱帯や熱帯の
いろんな植物が住んでいるのだ
がじまるの木もそのひとつで
年をとるほどながながと
気根(ひげ)を垂れている木なのだ
暴風なんぞにはつよい木なのだが
気立てのやさしさはまた格別で
木のぼりあそびにくるこどもらの
するがままに
身をまかせたりしていて
孫の守りでもしているような
隠居みたいな風情の木だ

1953年6月号「人物往来」

不沈母艦沖縄

守礼の門のない沖縄
崇元寺のない沖縄
がじまるの木のない沖縄
梯梧の花の咲かない沖縄
那覇の港に山原船のない沖縄
在京三〇年のぼくのなかの沖縄とは
まるで違った沖縄だという

それでも沖縄からの人だときけば
守礼の門はどうなったかとたずね
崇元寺はどうなのかとたずね
がじまるや梯梧についてたずねたのだ
まもなく戦禍の惨劇から立ち上り
傷だらけの肉体を引きずって
どうやら沖縄が生きのびたところは
不沈母艦沖縄だ
いま八〇万のみじめな生命達が
甲板の片隅に追いつめられていて
鉄やコンクリートの上では
米を作るてだてもなく
死を与えろと叫んでいるのだ

1956年6月27日号「東京新聞」

基地日本

ある国はいかにも
現実的だ
歯舞・色丹を日本に
返してもよいとは云うものの
つかんだその手はなかなか離さないのだ
国後・択捉だってもともと
日本の領土とは知りながらも
返せと云えばたちまちいきり立って
非現実的だと白を切るのだ
ある国はまた
もっと現実的なのだ
奄美大島を返しては来たのだが

要らなくなって返したまでのこと
つかんだままの沖縄については
プライス勧告を仕掛けたりするなどが
現実的ではないとは云えないのだ
踏みにじられた
日本
北に向いたり南に向いたりして
夢をもがいているのだが
吹出物ばかりが現実なのか
あちらにもこちらにも
吹き出す吹出物
舶来の
基地それなのだ

1957年1月号「世界評論」

沖縄風景

赤嶺家の老人（タンメー）は朝のたんびに
煙草盆をぶらさげては
縁先に出て坐り
庭のタウチー達の機嫌をうかゞった
この朝もタンメーは縁先にいたのだが
煙管がつまってしまったのか
ぽんとたたいたその音で
タウチー達が一斉に
ひょいと首をのばしたのだ

そこの庭ではいつでも
軍鶏（タウチー）たちが血に飢えているのだ
タウチー達はそれぞれの
ミーバーラー*のなかにいるのだが
どれもが肩を怒らしていて
いかにも自信ありげに
闘鶏のその日を待ちあぐんでいるのだ

*ミーバーラー……養鶏用の籠

1957年1月1日号「琉球新報（新春グラビヤ特集）」

島での話

来たぞ　くろいのが
とそう云えば
女たちはもちろんのこと
こども達までがあわてふためいて
一目散に逃げたものだと云う
それでそれとすぐにわかるような
いかにもくろい男の子なのだが
くろいのが来たぞと云えば
その子までもあわてて
みんなといっしょに
一目散だと云うのだ

1959年11月号「小説新潮」

正月と島

つかっている言葉
それは日本語で
つかっている金
それはドルなのだ
日本みたいで
そうでもないみたいな
あめりかみたいで
そうでもないみたいな
つかみどころのない島なのだ
ところでさすがは
亜熱帯の島
雪を知らないこの風土は
むかしながらの沖縄で
元旦のパーティーに
扇風機のサービスと来た

1960年1月1日号「全繊新聞」

島

おねすとじょんだの
みさいるだのが
そこに寄って
宙に口を向けているのだ
極東に不安のつづいている限りを
そうしているのだ
とその飼い主は云うのだが
島はそれでどこもかしこも
金網の塀で区切られているのだ
人は鼻づらを金網にこすり
右に避けては
左に避け
金網に沿うて行っては
金網に沿って帰るのだ

1960年1月「政治公論」

そんなわけでいまとなっては
生きていることが不思議なのだと
島からの客はそう言って
戦争当時の身の上の話を結んだ
ところで島はこのごろ
どんなふうなのだときくと
どんなふうもなにも
異民族の軍政下にある島なのだ
息を喘いでいることに変りはないのだが

島からの風

とにかく物資は島に溢れていて
贅沢品でも日常の必需品でも
輸入品でないものはないのであって
花や林檎やうなぎまでが
飛行機を乗り廻し
空から島に来るのだと言う
客はそこでポケットに手をいれたのだが
これはしかし沖縄の産だと
たばこを一個ぽんと寄越した

弾を浴びた島

島の土を踏んだとたんに
ガンジューイ[*1]とあいさつしたところ
はいおかげさまで元気ですとか言って
島の人は日本語で来たのだ
郷愁はいさ、か戸惑いしてしまって
ウチナーグチマディン　ムル[*2]
イクサニ　サッタルバスイ[*3]と言うと
島の人は苦笑したのだが
沖縄語は上手ですねと来たのだ

＊1　ガンジューイ……お元気か
＊2　ウチナーグチマディン　ムル……沖縄方言までも　すべて
＊3　イクサニ　サッタルバスイ……戦争で　やられたのか

第四章 戦争風刺

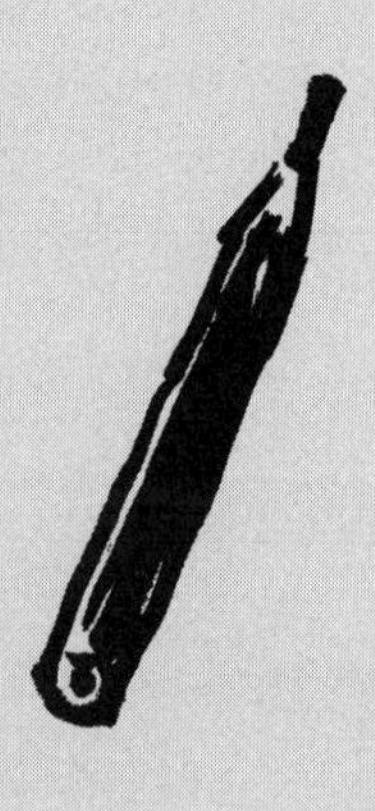

昭和を迎えて間もない一九三一年から一九四五年は、満州事変、日中戦争、太平洋戦争と対外戦争が続いた時代で、太平洋戦争期に入っては、反戦につながるあらゆる表現や行動は厳しい弾圧を受けた。多くの詩人が戦争賛美へと傾斜していく中で、理不尽な戦争に憤っていた貘は、そうした「戦争協力詩」を書かなかった。かと言って、戦争に反対する思いをあからさまに詩にすることはできない。そこで貘は、それとは見抜けない独自の手法を使って反戦詩を書き、厳しい検閲の目をくぐり抜けていた。そのうちの一篇が、詩人の安西均、直木賞作家で詩人の伊藤桂一らのやっていた同人詩誌『山河』に発表した「ねずみ」である。詩人・茨木のり子の評によれば、この詩は戦争による生命軽視への強烈な批判であったが、単なるネズミの詩として見過ごされたのだという。後になって貘は、風刺詩の底を見抜けなかった検問官のことをおかしそうに笑っていたという。

思辨

科学の頂点によぢのぼる飛行機類
海を引き裂く船舶類
生きるとかいふ人間類

ではあるが
生きつ放しの人間なんてないもんか
生きるのであらうかと思つて見てゐると　みるみるうちに死んでしまふ人間類
ゆきつ放しの船舶なんてないもんか
出帆したのかと思つてゐたら戻つて来てゐる船舶類
飛びつ放しの飛行機なんてないもんか
昇天するのかと思ふまに垂下して来る飛行機類

まるで
風におびえる蛾みたいに
金粉を浴びては
翅をたたみ
胴体にひそんでは
ふるえあがり
文明ともあらう物達のどれもこれもが　夢みるひまも恋みるひまもなく
米や息などみるひまさへもなくなつてそこにばたばたしてゐても文明なのか
ああ
かかる非文化的な文明らが現実すぎるほど群れてゐる
みんなかなしく古ぼけて
むんむんしてゐる神の息吹を浴び
地球の頭にばかりすがつてゐる

1936年11月「歴程」

弾痕

アパートの二階の一室には
陰によくある女が一匹ゐた
その飼主は鼻高の色はあさぐろいめがねと指環の光つた紳士であつた
鼻高の紳士は兜町からやつて来た
かれの一日は
夜をあちらの家に運び
ひるまをこちらの二階に持ち込んで来てひねもす女を飼ひ馴らした
かれらの部屋がまた部屋でふたりがそこにゐる間
真昼間ドアに鍵してすましてゐた
八百屋でございが来ると鍵をはづし

米屋でござい
が来ると鍵をはづし
いちいち鍵をはづしては鼻を出し直ぐまた引つ込めて鍵してしまふ
ずゐぶんふざけた部屋だつたが
すましかへつてゐたある日
外では煙硝のにほひが騒いでゐた
鼻高の紳士は鍵をはづして出て見たがやがてそのまま出て行つた
まもなく部屋には物音どもが起きあがりそこらあたりに掻き乱れた
いぶる世紀と
くすぶる空
鼻高さんはもう帰らない
そこに突つ立ち上がつたかなしいアパート
アパートの横つ腹にぽつこりと開いたひとつの穴だ
そこからこぼれる食器や風呂敷包
そこからはみ出る茶箪笥と女

夢を見る神

若しも生れかはつて来たならば
彫刻家になりたいもんだと云ふ小説家
若しも生れかはつて来たならば
生殖器にでもなりすますんだと云ふ恋愛
若しも生れかはつて来たならば
お米になつてゐたいと云ふ胃袋
若しも生れかはつて来たならば
なちす　になるか　それん　になるか　どちらになるのか　あのすぺいん

若しも生れかはつて来たならば
なんにならうと勝手であるが
若しも生れかはつて来たならばなんにならうと勝手なのか
とある時代の一隅を食ひ破り神の見知らぬ文化が現はれた
こがね色のそれん
こがね色のなちす
こがね色のお米
こがね色の彫刻家
こがね色の生殖器

ああ
文明どもはいつのまに
生れかはりの出来る仕掛の新肉体を発明したのであらうか
神は郷愁におびえて起きあがり
地球のうへに頬杖ついた

そこらにはばたく無数の仮定
そこらを這ひ摺り廻つては血の音たてる無数の器械

応召

こんな夜更けに
誰が来て
のっくするのかと思ったが
これはいかにも
この世の姿
すっかりかあきい色になりすまして
すぐに立たねばならぬという
すぐに立たねばならぬという
この世の姿の
かあきい色である
おもえばそれはあたふたと
いつもの衣を脱ぎ棄てたか
あの世みたいににおっていた
お寺の人とは
見えないよ

1942年3月16日号「帝國大学新聞」

かれの戦死

かれはたぶん
ぼくなどのことを
おどかすのではなかったのだが
大君の詩という詩集を出したり
あるいはまた
ぼくなどのことを
なめてまるめるのでもなかったのだが
天皇は詩だと叫んだりしていたので
愛刀にそゝのかされての
自害なのではあるまいか

風のたよりにかれの
戦死をぼくは耳にしたのだが
まぐれあたりの
弾丸よりも
むしろ敗戦そのことのなかに
かれの自決の血煙りをおもいうかべた

ねずみ

生死の生をほっぽり出して
ねずみが一匹浮彫みたいに
往来のまんなかにもりあがっていた
まもなくねずみはひらたくなった
いろんな
車輪が
すべって来ては
あいろんみたいにねずみをのした
ねずみはだんだんひらたくなった
ひらたくなるにしたがって

ねずみは
ねずみ一匹の
ねずみでもなければ一匹でもなくなって
その死の影すら消え果てた
ある日　往来に出て見ると
ひらたい物が一枚
陽にたゝかれて反っていた

1943年7月号「山河」

羊

食うや食わずの
荒れた生活をしているうちに
人相までも変って来たのだそうで
ぼくの顔は原子爆弾か
水素爆弾みたいになったのかとおもうのだが
それというのも地球の上なので
めしを食わずにはいられないからなのだ
ところが地球の上には
死んでも食いたくないものがあって
それがぼくの顔みたいな
原子爆弾だの水素爆弾なのだ

こんな現代をよそに
羊は年が明けても相変らずで
角はあってもそれは渦巻にして
紙など食って
やさしい眼をして
地球の上を生きているのだ

1955年1月1日号「琉球新報（新春グラビヤ特集）」

雲の上

たった一つの地球なのに
いろんな文明がひしめき合い
寄ってたかって血染めにしては
つまらぬ灰などをふりまいているのだが
自然の意志に逆ってまでも
自滅を企てるのが文明なのか
なにしろ数ある国なので
もしも一つの地球に異議があるならば
国の数でもなくする仕組みの
はだかみたいな普遍の思想を発明し
あめりかでもなければ
それんでもない
にっぽんでもなければどこでもなくて
どこの国もが互に肌をすり寄せて
地球を抱いて生きるのだ

なにしろ地球がたった一つなのだ
もしも生きるには邪魔なほど
数ある国に異議があるならば
生きる道を拓くのが文明で
地球に替るそれぞれの自然を発明し
夜ともなれば月や星みたいに
あれがにっぽん
それがそれん
こっちがあめりかという風にだ
宇宙のどこからでも指さされては
まばたきしたり
照ったりするのだ
いかにも宇宙の主みたいなことを云い
かれはそこで腰をあげたのだが
もういちど下をのぞいてから
かぶった灰をはたきながら
雲を踏んで行ったのだ

1960年1月「季刊詩誌 無限」

第五章 歌になった詩

歩き疲れては／夜空と陸との隙間にもぐり込んで寝たのである――

貘の作品「生活の柄」は、その詩に曲をつけて歌ったフォークシンガー・高田渡の代表曲として知られている。高田は貘の詩の虜になるほど傾倒していて、何曲もの貘作品を残した。「僕はほかにもたくさんの詩人の詩を拝借しているが、これほど共感を覚え、影響を受け、また多くの詩に曲をつけさせてもらった詩人は、山之口貘以外にいない」（バーボン・ストリート・ブルース／ちくま文庫）。

その高田が中心となり、一九八八年にトリビュート・アルバムとして出したCDが「詩人・山之口貘をうたう」である。彼と親交のあった大工哲弘、佐渡山豊、石垣勝治、嘉手苅林次、つれれこ社中、大島保克&オルケスタ・ボレ、ふちがみとふなと、渋谷毅、内田勘太郎（憂歌団）、ローリー、関島岳朗、中尾勘二、桜沢有理といったミュージシャンが参加して沖縄で録音された。

ものもらひの話

家々の
家々の戸口をのぞいて歩くたびごとに
ものもらひよ
街には沢山の恩人が増えました

恩人ばかりをぶら提げて
交通妨害になりました
狭い街には住めなくなりました

ある日
港の空の
出帆旗をながめ
ためいきついてものもらひが言ひました
俺は
怠惰者（なまけもん）　と言ひました

1929年9月「爬竜船」

生活の柄

歩き疲れては
夜空と陸との隙間にもぐり込んで寝たのである
草に埋もれて寝たのである
ところ構はず寝たのである
寝たのであるが
ねむれたのでもあつたのか！
このごろはねむれない
陸を敷いてはねむれない
夜空の下ではねむれない
揺り起されてはねむれない
この生活の柄が夏むきなのか！
寝たかとおもふと冷気にからかはれて
秋は　浮浪人のままではねむれない

1935年新年号「日本詩」

夜景

あの浮浪人の寝様ときたら
まるで地球に抱きついてゐるかのやうだとおもつたら
僕の足首が痛み出した
みると　地球がぶらさがつてゐる

1935年9月「詩律」

季節季節が素通りする
来るかとおもつて見てゐると
来るかのやうにみせかけながら

僕がゐるかはりにといふやうに
街角には誰もゐない

1936年6月「世代」

石

徒労にまみれて坐つてゐると
これでも生きてゐるのかとおもふんだが
季節季節が素通りする
まるで生き過ぎるんだといふかのやうに

いつみてもここにゐるのは僕なのか
着てゐる現実
見返れば
僕はあの頃からの浮浪人

第一印象

魚のやうな眼である
肩は少し張つてゐる
言葉づかひは半分男に似てゐる
歩き方が男のやうだと自分でも言ひ出した
ところが娘よ
男であらうが構ふもんか
金属的にひびくその性格の音が良いんぢやないか
その動作に艶があつて良いんぢやないか
さう思ひながら　ひたひにお天気をかんじながら僕は帰つて来る
僕は両手をうしろにつつぱつて僕の胴体を支へてゐる
僕は縁の日向に足を投げ出してゐる
足の甲に蠅がとまる
蠅
蠅の背中に娘の顔がとまつてゐる

1934年5月「セルパン」

玩具

掌にのこつたまるい物
乳房のまんまの
まるい温度
それからここにもうひとつ
これはたしかに僕の物です　と
あの肌に
捺した
指紋

掲載紙誌不明

会話

お国は？　と女が言つた
さて　僕の国はどこなんだか　とにかく僕は煙草に火をつけるんだが
刺青と蛇皮線などの連想を染めて　図案のやうな風俗をしてゐるあの僕の国か！
ずつとむかう

ずつとむかうとは？　と女が言つた
それはずつとむかう　日本列島の南端の一寸手前なんだが
頭上に豚をのせる女がゐるとか　素足で歩くとかいふやうな
憂鬱な方角を習慣してゐるあの僕の国か！
南方

南方とは？　と女が言つた
南方は南方　濃藍の海に住んでゐるあの常夏の地帯
龍舌蘭と梯梧と阿旦とパパイヤなどの植物達が　白い季節を被つて寄り添ふてゐるんだが
あれは日本人ではないとか　日本語は通じるかなどと話し合ひながら
世間の既成概念達が寄留するあの僕の国か！

亜熱帯

アネツタイ！　と女は言つた
亜熱帯なんだが　僕の女よ　眼の前に見える亜熱帯が見えないのか！
この僕のやうに　日本語の通じる日本人が
即ち亜熱帯に生れた僕らなんだと僕はおもふんだが
酋長だの土人だの唐手だの泡盛だのの同義語でも眺めるかのやうに
世間の偏見達が眺めるあの僕の国か！
赤道直下のあの近所

座蒲団

土の上には床がある
床の上には畳がある
畳の上にあるのが座蒲団でその上にあるのが楽といふ
楽の上にはなんにもないのであらうか

どうぞおしきなさいとすゝめられて
楽に坐つたさびしさよ
土の世界をはるかにみおろしてゐるやうに
住み馴れぬ世界がさびしいよ

1935年2月号「文藝」

紙の上

戦争が起きあがると
飛び立つ鳥のやうに
日の丸の翅をおしひろげそこからみんな飛び立つた

一匹の詩人が紙の上にゐて
群れ飛ぶ日の丸を見あげては
だだ
だだ　と叫んでゐる
発育不全の短い足　へこんだ腹　持ち上がらないでつかい頭
さえづる兵器の群れをながめては
だだ
だだ　と叫んでゐる

だだ
だだ　と叫んでゐるが
いつになつたら「戦争」が言へるのか
不便な肉体
どもる思想
まるで沙漠にゐるやうだ
インクに渇いたのどをかきむしり熱砂の上にすねかへる
その一匹の大きな舌足らず
だだ
だだ　と叫んでは
飛び立つ兵器の群をうちながめ
群れ飛ぶ日の丸を見あげては
だだ
だだ　と叫んでゐる

1939年6月号「改造」

結婚

詩は僕を見ると
結婚結婚と鳴きつづけた
おもふにその頃の僕ときたら
はなはだしく結婚したくなつてゐた
言はば
雨に濡れた場合
風に吹かれた場合
死にたくなつた場合などとこの世にいろいろの場合があつたにしても
そこに自分がゐる場合には
結婚のことを忘れることが出来なかつた

詩はいつもはつらつと
僕のゐる所至る所につきまとつて来て
結婚結婚と鳴いてゐた
僕はとうとう結婚してしまつたが
詩はとんと鳴かなくなつた
いまでは詩とはちがつた物がゐて
時々僕の胸をかきむしつては
箪笥の陰にしやがんだりして
おかねが
おかねがと泣き出すんだ

1939年9月号「文藝」

深夜

これをたのむと言いながら
風呂敷包にくるんで来たものを
そこにころがせてみせると
質屋はかぶりを横に振ったのだ
なんとかならぬかとたのんでみるのだが
質屋はかぶりをまた振って
おあずかりいたしかねるとのことなのだ
なんとかならぬものかと更にたのんでみると
質屋はかぶりを振り振りして
いきものなんてのはどうにも
おあずかりいたしかねると言うのだ

死んではこまるので
お願いに来たのだと言うと
質屋はまたまたかぶりを振って
いきものなんぞおあずかりしたのでは
餌代にかゝって
商売にならぬと来たのだ
そこでどうやらぼくの眼がさめた
明りをつけると
いましがたそこに
風呂敷包からころがり出たばかりの
娘に女房が
寝ころんでいるのだ

告別式

金ばかりを借りて
歩き廻っているうちに
ぼくはある日
死んでしまったのだ
奴もとうとう死んでしまったのかと
人々はそう言いながら
煙を立てに来て
次々に合掌してはぼくの前を立ち去った
こうしてあの世に来てみると
そこにはぼくの長男がいて
むくれた顔して待っているのだ

なにをそんなにむっとしているのだときくと
お盆になっても家からの
ごちそうがなかったとすねているのだ
ぼくはぼくのこの長男の
頭をなでてやったのだが
仏になったものまでも
金のかゝることをほしがるのかとおもうと
地球の上で生きるのとおなじみたいで
あの世も
この世もないみたいなのだ

1953年12月号「心の友」

鮪に鰯

鮪の刺身を食いたくなったと
人間みたいなことを女房が言った
言われてみるとついぼくも人間めいて
鮪の刺身を夢みかけるのだが
死んでもよければ勝手に食えと
ぼくは腹だちまぎれに言ったのだ
女房はぷいと横にむいてしまったのだが
亭主も女房も互に鮪なのであって
地球の上はみんな鮪なのだ

鮪は原爆を憎み
水爆にはまた脅やかされて
腹立ちまぎれに現代を生きているのだ
ある日ぼくは食膳をのぞいて
ビキニの灰をかぶっていると言った
女房は箸を逆さに持ちかえると
焦げた鰯のその頭をこづいて
火鉢の灰だとつぶやいたのだ

1954年7月「別冊文藝春秋」第40号記念特別号

歯車

靴にありついて
ほっとしたかとおもうと
ずぼんがぼろになっているのだ
ずぼんにありついて
ほっとしたかとおもうと
上衣がぼろぼろになっているのだ
上衣にありついて
ほっとしたかとおもうと
もとに戻ってまた
ぼろ靴をひきずって
靴を探し廻っているのだ

貘

悪夢はバクに食わせろと
むかしも云われているが
夢を食って生きている動物として
バクの名は世界に有名なのだ
ぼくは動物博覧会で
はじめてバクを見たのだが
ノの字みたいなちっちゃなしっぽがあって
鼻はまるで象の鼻を短かくしたみたいだ
ほんのちょっぴりタテガミがあるので
馬にも少しは似ているけれど
豚と河馬とのあいのこみたいな図体だ

まるっこい眼をして口をもぐもぐするので
さては夢でも食っていたのだろうかと
餌箱をのぞけばなんとそれが
夢ではなくてほんものの
果物やにんじんなんか食っているのだ
ところがその夜ぼくは夢を見た
飢えた大きなバクがのっそりあらわれて
この世に悪夢があったとばかりに
原子爆弾をぺろっと食ってしまい
水素爆弾をぺろっと食ったかとおもうと
ぱっと地球が明かるくなったのだ

1955年2月特別号「小学五年生」

たぬき

てんぷらの揚滓それが
たぬきそばのたぬきに化け
たぬきうどんの
たぬきに化けたとしても
たぬきは馬鹿に出来ないのだ
たぬきそばはたぬきのおかげで
てんぷらそばの味にかよい
たぬきうどんはたぬきのおかげで
てんぷらうどんの味にかよい
たぬきのその値がまたたぬきのおかげで
てんぷらよりも安あがりなのだ

ところがとぼけたそば屋じゃないか
たぬきはお生憎さま
やっていないんですなのに
てんぷらでしたらございますなのだ
それでぼくはいつも
すぐそこの青い暖簾を素通りして
もう一つ先の
白い暖簾をくぐるのだ。

1958年7月号「小説新潮」

頭をかかえる宇宙人

青みがかったまるい地球を
眼下にとおく見おろしながら
火星か月にでも住んで
宇宙を生きることになったとしてもだ
いつまで経っても文なしの
胃袋付の宇宙人なのでは
いまに木戸からまた首がのぞいて
米屋なんです　と来る筈なのだ
すると女房がまたあわてて
お米なんだがどうします　と来る筈なのだ
するとぼくはまたぼくなので
どうしますもなにも
配給じゃないか　と出る筈なのだ

すると女房がまた角を出し
配給じゃないかもなにもあるものか
いつまで経っても意気地なしの
文なしじゃないか　と来る筈なのだ
そこでぼくがついまた
かっとなって女房をにらんだとしてもだ
地球の上での繰り返しなので
月の上にいたって
頭をかかえるしかない筈なのだ

1961年6月13日号「朝日新聞」

小説三篇

「詩人便所を洗う」
「詩人の結婚」
「詩人の一家」

山之口貘は、一九三七年、「中央公論」誌上に「ダルマ船日記」を発表して以来、二十四年間に二十一篇の小説を発表している。これらは当面の窮乏をしのぐために原稿料目当てで書かれたもので、すべてが過去の生活実態をさらけ出した私小説だった。反響はよかったらしく、とくに一九五〇年頃から作品が集中している。小説には貘の生きた時代や、詩が生まれた背景が独自の作風で飄々と描かれていて興味深い。

作品一覧

「ダルマ船日記」一九三七年十二月号「中央公論」
「詩人便所を洗う」一九三八年九月号「中央公論」
「天国ビルの斎藤さん」一九三九年一月号「中央公論」
「詩人、国民登録所にあらわる」一九四〇年五月号「中央公論」
「詩人の結婚」一九四三年六月号「中央公論」
「無銭宿」一九五〇年二月号「新潮」
「お福さんの杞憂」一九五〇年六月号「新潮」
「野宿」一九五〇年九月号「群像」
「穴木先生と詩人」一九五一年四月号「新潮」
「親日家」一九五一年六月号「ベストセラー」
「貘という犬」一九五一年九月号「新潮」
「月謝」一九五一年十一月号「明窓」
「第四　貧乏物語」一九五一年十二月号「中央公論」
「関白娘」一九五二年十月二十五日号「サンデー毎日」
「質屋の娘」一九五二年九月十日号「毎日グラフ」
「光子の縁談」一九五四年九月号「電信電話」
「第三日曜日」一九五六年九月号「新潮」
「アルパカ・ルパシカ」一九五七年二月号「ゆーもあー」
「詩人の一家」一九五七年七月号「詩文芸」
「汲取屋になった詩人」一九五八年六月号「サンデー毎日」
「首実検に来た客」一九六一年十一月十二日「北海道新聞」

詩人便所を洗う

おわい屋と云っても、タゴを担いで、公然と民家の裏口を出入りするところの、土の伝統のこもったあの風情あるおわい屋さんとは、その趣きを異にしていたのである。つまり仕事の範囲とか方法の点など、明らかに現代文化の息吹がかかっていたのである。だが、どちらにしても、つまるところはおわい屋なので、その仕事はひたすらに糞尿を汲み取ることなのであった。

勿論、僕は好んでおわい屋になったのではなかったのである。まるで、米を食おうとしたはずみにおわい屋になってしまった感じなのであって、現代文化の底に棲息しているところの所謂、米の食えない人間の一種なのであった。此の種の人間は、歴史の生んだ新しい人間で、人間社会の至る所に群れているのである。たとえば芸術家の場合には、米が食えないその食えないをくっつけられているところの、食えない詩人とか食えない小説家だとかの類がそれなのである。

僕なども結局は、食えない詩人に該当する人間なのであった。しかしながら、人間のおもしろさは、たとえ、どこまで食えない詩人であろうと、なお、かつ、食わねば生きている実感をたのしむことが出来ないものと見え、だから僕にしても、とりあえずおわい屋にもなる次第なのであった。

その頃、或るビルディングの二階の空室に、食えない詩人となって僕は起居していたのである。そのビルディングの管理をしている佐藤さんという人と僕とが十年来の知己なので、お蔭で僕は空室に住むことが出来たのである。もっとも、空室に借り手がつくと、その度に、僕は、二階から三階の空室へ、三階から四階の空室へ、四階からは地下室のボイラー場へと、空室から空室を、寄生虫みたいに転々として生活を営んでいたのである。

こういう僕の生活振りや、ダルマ船に乗ってみたり、煖房屋であったり、路傍に寝ころんだりしたことの総てを佐藤さんの言い分に依れば、それは僕が詩人だからとのこと、あっさりと詩人のせいにしていたのである。だから常々、僕の顔さえ見れば、一度はきっと詩人なんかやめなさいよと佐藤さんは言うのだった。就中、衣食住の、食の件まで彼の恩恵を蒙る段になると、もう今日限り詩人をやめなさいとくるのだった。しまいには、空室をのぞきに来ては、どうです詩人をやめる気はないんですかと言って、次第に加速度的な態勢を示すようになって来たのである。流石に僕も根負けして、或る日、彼に蒙った恩恵を見ぬ振りしながら、こころもち怒気をほのめかして見せるように、詩人をやめると僕は死にますよと言ってしまった。すると、佐藤さんは呆れたもんだと思ったのか、めしが食えないで何が詩人です、詩人をやめてめしを食った方がいいんですよ、とはねかえした。そんな時には僕もまた僕で、詩人をやめると食いたくもなくなるんですよ、と言うのが常だった。これは嘘みたいにきこえるかも知れないが、なんでこれが嘘だろう。佐藤さんに限らず、世間のあるところ至る所でかような目にあって、恥を浴びるにはすっかり馴れてしまったこの僕が、嘘でこんなに詩人顔して生きているもんか、とにかく僕には、詩人をやめてまで食わねばならない理由がないのであった。

ところで、その実、佐藤さんには、悧巧なところがあったのである。僕には、詩人をやめろやめろと言いながら、御自分はまるで蠅とり蜘蛛のような身構えをして、詩人の上にくっついている例の食えないと云うことそれを狙っていたのである。即ち、僕が詩人であろうがなんだろうが、食えないに憑かれているからには何でもするより外にはないではないか。

そこで、佐藤さんがすすめた仕事、それがおわい屋の仕事なのである。

そもそも佐藤さんが、なぜまたこういう仕事を僕にすすめる気になったかは、必ずしも、食えない詩人の身の上を考えたからではなかったろう。少なくとも佐藤さんの目的にとっては、食えなければなんでもするという肉体に近い人間を必要としたのであって、それは、エスという男と佐藤さんとの関係から推して見ても、僕におわい屋をすすめた佐藤さんの目的が明白なのである。

この仕事は、もともとエスが佐藤さんに持ちかけて来たものであった。彼等がおわい屋になるということと、食えない詩人がおわい屋になるということとは、その趣旨に於いて既に違った性質のものであった。エスの上を見ても、佐藤さんの上を見ても、食えないという奴はくっついていなかったが、銭を儲けたいのその儲けたいという奴がくっついていることは確かなのであった。もっとも、エスがこの話を佐藤さんに持ちかけて来たことは別にまたエス自身の目的もあったのであるが、それは措いて、佐藤さんとしてはこの仕事にかなりの自信を持っていたのである。第一、仕事そのものが汚いものでいっぱいであるということは、食うに追われている僕をさえ一応悩ましたくらいであり、事実、或る二、三の友人なども日々食えない食えないばかり言っていたにもかかわらず、僕といっしょにおわい屋にならないかと懸命に誘って見ても彼等には一向僕の誠意が届かなかったのである。結論として言えば、金にはなってもなかなか人の出来る仕事ではないのである。だからそこを見込んで佐藤さんは儲けたくなったのであり、佐藤さんの身がわりになって糞尿を浴びる当事者の役として見込まれたのが僕なのであった。

これが、口のための仕事なのであろうかと思われるほど、僕は文化の底に落ちて来て、よくもまあ、尻どもの近くに就職したもんだ。

やがて、ビルディングの管理事務所には、表札が一枚増えた。「佐藤衛生工務所」というのがそれなのである。

この仕事の芸名を、僕は山口英三と名乗り、営業主任の肩書を刷り込んだ名刺など出来上がった。ここまで来れば、食えない詩人でも詩人をやめるほどのこともないどころか、詩人のまんまで、はじめから営業主任の椅子が待っていたのである。開業の案内状には、営業の課目として、給水、下水、給湯、水道衛生工事、浄化槽新設、浄化槽掃除、消毒薬槽見廻、水洗放流切替工事、設計並監督、と印刷して置いた。但し、佐藤衛生工務所の本質的な仕事はおわい屋なのであるから、右のうちの浄化槽掃除の一課目なのである。しかし、その一課目だけを案内状に出すとなると、如何にもおわい屋でございという感じを与えるので、こちらにしてもおわい屋ながらではあるが一寸ていさいが悪いし、その上、相手に馬鹿にされては商売がしにくくなるのではないかとの見解から、佐藤さんとエスが頭を捻って左様に羅列したのである。これならば、本職は工事屋で、ほんのつけたりがおわい屋であると見せかけているわけだ。万一、浄化槽掃除以外の仕事を依頼されたら、その時は適当な工事屋を見つけて来てそれをやらせるということになったのである。

エスはこの仕事に、浄化槽所有者名簿を出資した。これに依って仕事の得意を嗅ぎ出すのである。

佐藤さんの出資は、利益をあげるまでの経常費の負担である。無論、僕の出資は、この肉体に依る労力である。そうして、利益の配当は、エスと佐藤さんが等分に。営業主任の僕は日傭人夫と同じで仕事の都度二円をおしいただくのである。

さて、いよいよ、浄化槽所有者名簿を繰って、五、六百通程の案内状を発送した。営業主任の僕は詩人を兼ねているばかりでなく、現場監督を兼ね人夫を兼ね更に佐藤さんがエスに食われてはならないようにとエスを監視するといったようなスパイ風の役も兼ねていて、全く多事多端の身になったが、何しろ、このおわい屋界には素人のこととて、当分の間はエスが僕の手引きをすることになったのである。なお、速達郵便を以て何時でも召集出来るように、エスの取り計らいで熟練人夫を二人用意した。倉庫の中には、手押しポンプやバケツや亀の子ダワシや、ブリキ製のゴミトリ、柄杓と麻縄、サクション・ホース、赤色のゴム・ホース、塩酸、カルキなどが揃っている。これで万事が整い、ビルディングの管理事務所の一隅に古びた一脚の椅子を与えられて、そこに僕は待機の姿勢を据えた。

エスは、毎日一度は事務所に顔を出すのであるが、来ると先ず、未だ申込みは来ませんかと言う。

案内状発送後、一週間は経ったろうか。一葉のハガキが舞い込んで来たのである。それは〇〇区〇〇町〇外科医院からの申込みなのであった。僕は早くも自己分裂をしてしまったのか、たったハガキ一枚のこの現実を取り捲いて、人間になり詩人になり、営業主任になり人夫になり、はてはスパイというように、いくつもの僕になった姿の合間々々には、もうあの、むずかしいにおいどもが這い廻って来ているような感じなのであった。

仕事の当日は、朝の九時過ぎに現場に着いた。のんきに見える出勤振りだが、朝めし前だとそこの家人に気の毒だからというエスの紳士的教えに倣ったからである。エスは一足先に来たらしく、彼はもっともらしい物腰をして浄化槽のスラブの上を往ったり来たりしているところであった。そこへ人夫が二人自転車で来た。ひとりは井ノ江君で他のひとりは堀下君である。

エスは、僕を物陰に呼び寄せて言った。あなたは手にとって仕事をする必要はないが、一寸ていさいが悪いから、その上衣とネクタイをはずして一寸ズボンをまくりあげて靴も脱いで、あっちこっち往ったり来たりして下さい、と。なるほど、彼は頬かむりをしている。おわい屋としての先輩だけあって、その汚れきった霜降りの詰襟も袖は千切れていて肘が露わにぶらぶらしている。ズボンも膝から下は毛脛である。こういう姿のエスが、なんであるかは知らないが高等教育まで受けたというインテリ人物なので、お互に哀れといえば哀れでもあるが、顔を見合わせるとそこに先立ってくるおかしさが顔の大半に崩れてしまう。僕は、用意してあったメリヤスのシャツに着換え、ナッパズボンを膝の上までまくりあげると、エスの鞭に暗示を受け受け、まるで動物園の肉体みたいにあっちこっちと動き出したのである。

この浄化槽の中には、人間どもの糞尿がいっぱい詰まっているわけだ。彼等の糞尿量は、一人一日一・三九キログラムという。その糞尿は、一人一日の洗水量二十五リットルの水で押し流されて、便所から浄化槽内に来て重なり合っているのである。

浄化槽の構造は、断面図（次ページ）に見るようなもので、大きさは建物の総坪数に比例し、十五人槽だの五十人槽だのといい、それはつまり便所常用者の人数を意味しているものであり、人数は、廊下を別にして一人一坪の割である。

浄化槽の役割は、腐敗と酸化の両作用に依るといわれている。便所から来た糞尿どもは、先ず、流入管から腐敗槽に現れ、そこで嫌気性菌（空気を嫌いな菌、たとえば酪酸菌のような）の作用に依り、腐敗、

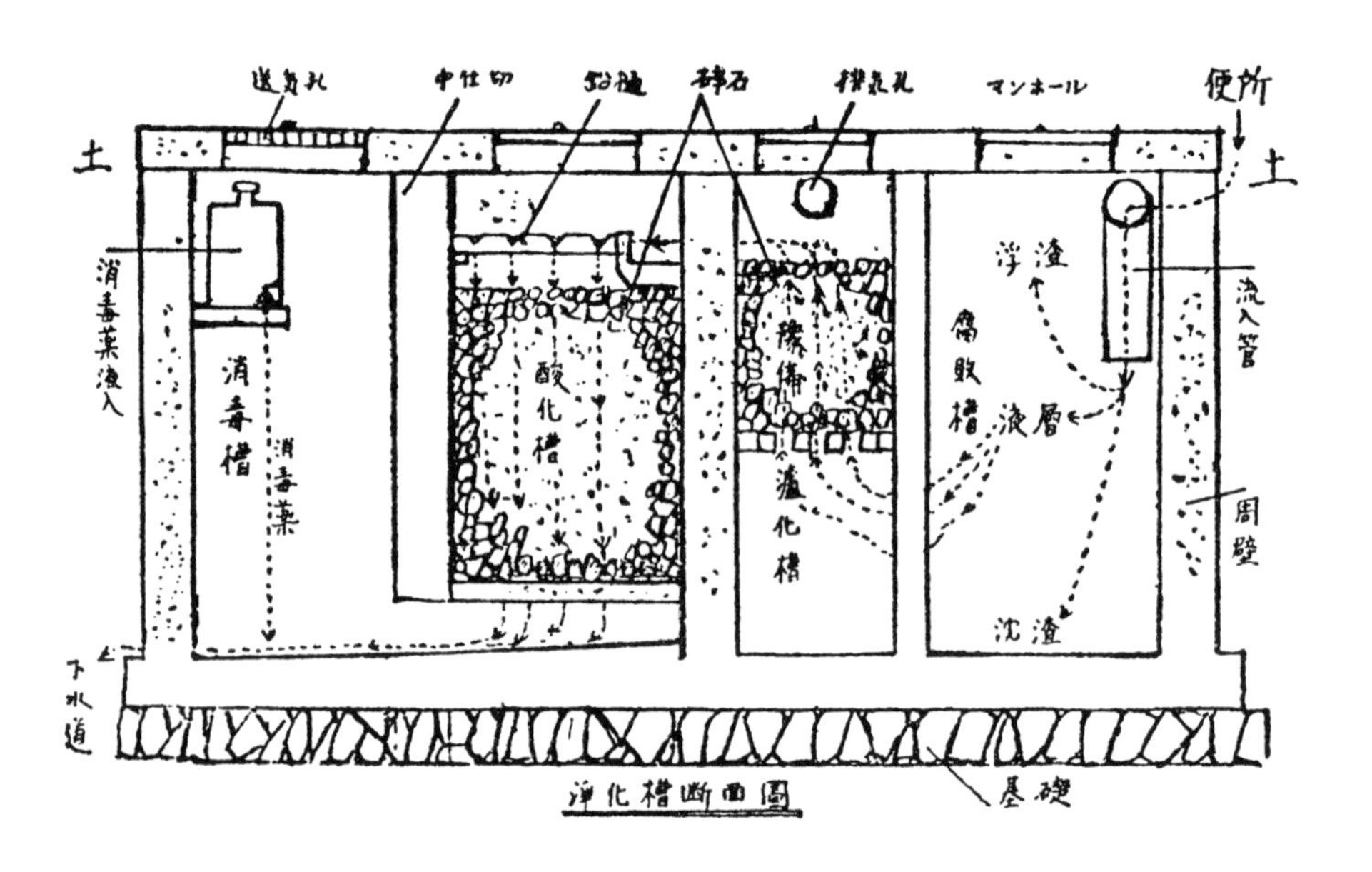
送気孔
中仕切
鉛樋
砕石
排気孔
マンホール
便所
土
土
消毒薬液入
消毒槽
消毒薬
酸化槽
豫備濾化槽
浮渣
腐敗槽
液層
沈渣
流入管
周壁
下水道
基礎
浄化槽断面圖

醗酵して、浮渣、液層、沈渣という三種のものに分化する。浮渣とは、腐敗層の上部に浮き上がる滓の一群で、下から上へと溜まる奴だから上になるほど硬くなっている。その下の液体が液層。その下即ち腐敗層の底に黝んで沈んでいるのが沈渣、俗におりという奴なのである。そのうちの液層が、点線の矢の示す方向へと移行して予備濾過槽へ這入る。これだけの作用を時間に換算すれば四十八時間を必要とするとのことである。

予備濾過槽には棚があって、棚の上には砕石（花崗岩）を積んである。そこで液層は下から上へとこの砕石に依って濾過される。

酸化層には幾条かの鉛樋があって、その下にもまた砕石がある。液層は鉛樋に伝わりその両脇から雫となって落ち、下へ下へと砕石の間を抜けて底に出る。その間に、好気性菌（空気を好む菌、たとえば尿素菌とか硝化菌など）の作用に依って空気中の酸素が液層中に溶解し酸化作用が行われるのである。そのために、酸化層には排気管があり、消毒層の送気孔から空気を呼び寄せるのである。

こうして、液層は所謂浄化された汚水となって、消毒槽へ移り、そこで、薬液入から落ちてくる一滴ずつの消毒薬液（カルキ溶液）に依って消毒を受け、さっぱりとした汚水になって下水道から河や海の方向へ立ち去ってしまうのである。

なお、汚水中に含有されているという炭酸瓦斯とかメタン瓦斯というような瓦斯には気軽なところがあると見え、酸化槽中に訪れて来る空気に伴われて、率直に排気管から空中へ立ち去ってしまうとのことだが、アンモニアと称する瓦斯はどこまでアンモニアなのか、のうのうと汚水について下水道の方へと出ていくそうである。

以上は、浄化槽の存在理由として、化学的見地からの論理づけであるが、結論としての浄化汚水そのものは、人畜に対して有害なものではないとのことなのである。だから詩人も安心して、糞尿の中に棲息出来るかと思えばそこまでは流石に現代文化といえども進んでいない。というのは、細菌学的には未だその浄化汚水を割り切ることが出来ず、多少は衛生上危害を生ずるような恐れがあるとの話を耳にしているのである。なんでも糞尿中に存在する細菌が五十余種もあるとか、大腸菌、チフス菌、コレラ菌などという菌の大家連が混入されていることは、否定することの出来ない事実なのであるという。詩人なんかもこうしておわい屋にならねばならないほど、生きるにはこの上もなく忙しい時代ではないか。僕らみたいな新式の人間のためには、一日も早く、細菌学の意見を反駁する文化的浄化槽が必要なのではあるまいか。そう思いながら、僕があっちこっちしているうちに、エスはどこからか、ひとりの伝統のこもったおわい屋さんを伴って来た。おわい屋がおわい屋さんを傭って来るというところなども近代的な風味がある。エスとおわい屋さんはスラブの上に来て、まずお互の顔を見合わせた。それからエスが、一本の竹を持って、それをマンホールから静かに垂直に糞尿の中へさし込んだ。竹のぐるりがぶくぶくと黄色く泡立ち、竹の尖端が底についたかと思うと、エスは何事か手加減をして見せるように神妙な面持ちをするのである。やがて、徐ろに竹を抜き出した。竹には、浮渣の厚さだけの滓がくっついていて、液層や沈渣に触れた部分には淡く黝んだ色がぬれていた。これに依って、おわい屋さんに汲み取ってもらう汲み取り荷数を推定するのである。エスは竹を見ながら、十五荷ぐらいはあるかも知れないと言った。おわい屋さんの汲み取り料金は、一荷（タゴふたつ）に付二十五銭を普通としているのであるが、たまには、浄化槽の糞尿なんか肥料にはならないとの理由のもとに三十銭を要求するおわい屋さんもあった。だがその理由は、肥料にならないというのがほんとうのことなのか、三十銭をせしめるための理由なのか、いずれにしても浄化槽の糞尿が肥料にならないということを知りたかったので、それの教示をエスに仰いで見た。するとエスは足もとに眼をやって、そして言うのには、奴らはみんなそういうんですがどういうわけでしょう？　と。

人夫の井ノ江君と堀下君とが、おわい屋さんの長い柄杓を借りて、腐敗槽の中を汲み取りはじめた。おわい屋さんが、空タゴをマンホールの際に持って来ては、汲み取った奴を表へ運び出す。エスはまた、僕を物陰に呼び寄せて耳打ちした。表に運んで行ったタゴをそれとなく調べて呉れと言うのである。ずるいおわい屋さんになると、空っぽのタゴを混ぜて置いて、汲み取り荷数をゴマカス者もあるという。僕は表に立っていて、おわい屋さんが出て来るとあっちを向き、引っ込んで行くと腰をかがめ、手の甲でタゴを叩いて見た。詰っているものはココと鳴って、空っぽのタゴはカカと鳴るように感じるのだった。

浮渣を汲み取り、液層を汲み取ると沈渣の汲み取りである。堀下君が、バケツと麻縄でつるべをつくった。井ノ江君は、腐敗槽の中へ降りるためにボロボロの合羽に着換へ、縄帯を締めて、鉢巻を頬被りにした。堀下君と僕とは、井ノ江君の手首をそれぞれ持って、かきみだされたばかりのむんむんしているその中へ彼を降したのである。どろどろに砂や石っころなどを黒く染めた沈渣を、井ノ江君がバケツに汲み取ると、それを引き揚げる役は堀下君と、ついに僕なのである。ふたりはかわるがわるバケツを引き揚げては、沈渣をタゴの中へあけた。何度も何度も繰り返しているうちに、腰は痛んで伸びなくなり、腕の弾力はあべこべに伸びてしまって、バケツの昇降が鈍って来る。スラブの上には泥色の汚物がこぼれて来て、踏張り立っている足を型どった。汚物にぬれてすべり勝ちな麻縄。すべり落ちようとするバケツを、はっとして引き揚げる途端に、マンホールの縁にそれがぶつかる。はずみをくらった汚物の飛沫どもが飛びつく頬。額。おとがいなのである。

大腸菌も堀下君も、詩人もチフス菌もコレラ菌も井ノ江君も、みんな蛆を真似ているようだ。それでも、飛び出す声をきけば人間らしく、こぼすなようと怒鳴って来た。穴の中を見ると、井ノ江君の後頭部、襟首のあたりから、合羽の背中一面べっとりだ。

沈渣が残り少くなって柄杓で汲みにくくなると、今度はゴミトリで掬いはじめる。掬った汚物は、直ぐにはバケツの中に移さない。一応、井ノ江君は、ゴミトリの上の汚物を指でひっかき廻し、丹念に改め、それからバケツに移すのである。便所の落し物がみんなここに流れ込んでくるからである。十銭白銅が一枚、焦色になって出て来た。金入の口金も黒くなって出て来た。それを見ながら堀下君は、紙幣もはいっていたんだろうが腐っちゃったんだろうなあと嘆息した。万年筆も出て来た。其の他、疲れたような表情をして、あのゴム製品が、幾つか出て来たのである。その度に堀下君は、女みたいな奇声を発して、あらま、と言いながら、バケツの中からそれをつまみあげてまじまじと見るのであった。

沈渣をすっかり汲み取ると、井ノ江君は、亀の子ダワシを以て槽内の壁をコスリはじめる。僕は、ホースの水をほそめにして、井ノ江君のタワシを追っかけるように水を流す。壁にくっついていた瘡蓋のような汚物が剥げ落ちると、ようやくセメントの壁らしくなる。洗い汁が溜ると、それをまたポンプで汲み出すのである。その時、出し抜けに、駄目ですよぅと井ノ江君が叫んだ。中をのぞいて見ると、なるほど、たったいま出て来たばかりであろう、彼のふくらはぎのあたりには生生としているまでに新しい糞が浮いていたのである。洗い汁を汲み出してしまえば腐敗槽の掃除は終りである。だが、井ノ江君は、いま暫くの間は中にいなくてはならない。その間に、僕はそこの家人を案内して来て、掃除の検査を受けるのである。きれいに汲み取りましたから御手数ですけれど一度奥様に御目通し願いたいんですが、と女中さんから言わせると、お前見て来いとおっしゃる奥様は殆どないと見え、奥様方はきっと御自分で出て来る。そうしておっしゃるには、まあこの中に人が這入っているのね、とくるのである。中にはまるでおびえるかのように、御苦労さま御苦労さまと繰り返すごとに後退して引っ込んでしまう奥様もある。もっとも、エスが傭って来たおわい屋さんだって、糞の中へ降りてゆく井ノ江君の姿を見た時は、おのれを忘れるくらい顔負けしたらしく、へえ、と一言いって唖然としていたのである。

ここらでひるになる。みんな手足を洗って近所のめし屋へ出掛けるのである。途々、井ノ江君はその腕や手の甲や掌などを鼻にもってゆき、此奴ばかりはいくら洗ってもなかなか落ちないにおいだと言った。僕らは、一杯ずつの焼酎を飲みほしてめしにした。

現場へ戻って来ると、エスはまた物陰に僕を呼んだ。おわい屋さんの汲み取り単価を三十銭にして置いてくれと言うのである。というのは、お互のめし代と飲代をそこから融通するわけで、僕もよろこんで賛成した。そうしてエスは自分に五十銭ばかり貸して呉れと言い、残りはあなたのもんだというような身振りであったが残りがないのはかなしかった。

午後からの仕事は簡単なので、一時間もあれば出来るのであるが、それでは仕事そのものを安っぽく見られるというので、ゆっくりと夕方までかかるようにしなくてはならないとエスに教えられた。予備濾過槽には砕石がある。この砕石を一箇ずつ、僕らはスラブの上に取り出した。ぬるぬるぬらと、砕石にくっついている汚物を一々タワシをかけて洗い落す。やがて、石らしい顔形になると、それを元のように槽内へ詰めるのである。

次は酸化槽。ここには鉛樋がある。鉛樋には適当な勾配がついているので、足で踏んだりなどしてはいけない。只、ホースの水で樋の中の汚水を洗い流し、ゴミをすっかり無くしてしまう。鉛樋の下の砕石は、矢張りタワシをかけて洗うのである。

次は消毒槽。ここは、所謂、浄化された汚水が槽底を流れているだけなのであるから、槽底に落ちているゴミを取り除き、水で内壁を洗い流し、消毒薬入を洗って、カルキを水に溶かして一杯入れて置くのである。

かようにして、僕もまた、人並みに、一・三九キログラムの生産能力を示すことが出来たのである。くさいと思えば、切りもなくくさいのであったが、生きねばならぬ人間のつもりで生きるんだから、生きるということさえも既に遅いくらいで、それと同じく、くさいというにも既に遅すぎる食えない詩人のことだと思って見れば、さほどくさい思いも僕はしなかった。それだからこそ佐藤さんもニコニコしていた筈だ。畜生にも劣らない身軽さで、汲み取りつづけたその結果は、仕事をすればするほど儲かった。無論儲けたのは僕ではなく、儲けたいに憑かれている佐藤さんだけの幸福(しあわせ)なのであった。そたとえば、〇〇区〇〇中学校の浄化槽掃除は、僕の現場見積りで入札し、百八十五円で落札した。その時の、おわい屋さんの下請汲取料が六十円、其の他、一杯代及びめし代等合わせて七十三円九十銭で、差引金高百十一円十銭が儲けになるわけだ。しかもそれは一晩仕事ときた。だが、エスと佐藤さんとが果して利益を等分したかどうかそういうことは結局僕の知ったことではなかった。只、〇〇区〇〇町〇〇公爵邸の仕事をして以来、エスは佐藤衛生工務所に顔を出さなくなってしまった。公爵邸の見積りをしたのはエスであった。百八十円で落札したが、儲けはたった二十一円八十銭、その上二晩仕事だったので一晩の儲けは十円五十九銭で、佐藤さんが首をかしげていたのである。

過日の新聞に依ると、東京市では、昭和十六年に開催する予定だった国際オリンピック（尤もこれは中止になったが）までには、市内の衛生設備を完成するとかの意向であった。つまり、市設下水道の完成した地域にある浄化槽を廃止するというのである。そのためには、切替工事に依らねばならないのであるが、水洗放流になってしまえば、従って浄化槽の掃除も要らなくなる運命なのである。その時、わが井ノ江君や堀下君などは、どんな風に彼等の生き方を切り換えることであろうか。

　そろそろ、暑さを忘れる季節にさしかかって、どうやら、僕のからだから糞のにおいも落ちてしまった頃、思い出したように、堀下君がビルディングに現れた。彼は例に依って、片手に汚れた手拭をぶらさげていたが、すっかり様子を変えてしまった管理事務所の雰囲気や僕の風采などに気がついたらしく、もうやめたんですか、と一言置くようにして言うのだった。そうして、再び彼は、手拭を振り振り管理事務所を出て行った。

詩人の結婚

天国ビルディングの横の通りに両国ホテルというのがあって、そのホテルの一階の角にはホテルとは別経営のエスキヤールという喫茶店があった。僕は、天国ビルの斎藤さんといっしょに仕事をしていた頃からそこでお茶をのむことにしていた。

竹部さんと知り合ったのもその喫茶店であった。いつのまにか顔馴染になってどちらからともなく詩の話などするようになり、互に独り者だということがわかったりした。

どうです結婚したいとは思いませんか。と、ある日竹部さんが僕に云った。僕は勿論、結婚はしたいもんだと、かねがね思ってはいたのであるが、生憎、相手がなくて独り者をつづけていたのである。

相手さえあればいつでも結婚はしたいんですがね。と答えると、それでは写真を送るから考えておいて下さい。と竹部さんは云った。まもなく写真は届いた。別にどうというほどのこともなかったが、不具者でなく、頭が普通で、じぶんと大差のない年齢なら承諾したいと僕は思った。幾日か経って、エスキヤールに竹部さんが現われた。

どうですか。と彼は云った。年齢はときくと、三十三だけれど初婚ですがね。と彼は云った。そんな年で初婚だとすれば気位でも高すぎて売れ残りになったんですかな。と云うと、竹部さんは笑いながら、まさか。と、云った。実は、当時三十五であった自分も初婚に間違いはなかったが、不思議に、相手が初婚であるかないかを正して見るという気はなかった。からだの方は。ときくと、丈夫らしいですよと云う。直接の御知り合いではないんですか。ときくとそれが実は同じ学校の職員の妹さんでしてね、未だ一度も会ったことはないんですが。と彼は云った。僕はそれだけのことをきいて、結婚することに定めてしまった。そして、是非一度見合いをさせてもらいたいと僕は云った。すると竹部さんは、見合いはさせてもいいが若しもばくさんが嫌だと云い出したら女にかわいそうですからね。と云う。しかし、見合いとはいっても、既に僕の意見だけは定まってしまったのだから、僕に相手の女性を見せろというのではなく、僕を見てもらいたいのであった。しかし竹部さんは直ぐには応じかねるという風な調子で、とにかくばくさんの写真を一枚もらいたい。と云うのであった。そして今度は、僕が答える羽目になった。月給は三十円。と答えて流石に僕はきまり悪くなったが、竹部さんはびっくりしてしまった。でも詩の方の収入もあるんでしょうと彼は云った。ある場合もあるがまずないと答えると、彼は自身の当惑をあわてて防ぐようにして、そんな馬鹿なことはない、それは嘘でしょうと云うのであった。事実、僕の月給は、三十五歳にもなった僕の年よりも未だ五つも若かった。と思うと、急にそこから、結婚話が総崩れに崩れてしまいそうに思われて来たのである。

当時の僕は、永い間のるんぺん生活を卒業したばかりで、日本橋人形町の赤島ビルの二階の一室で働いていた。ここで働くようになったのは、天国ビルの斎藤さんとの関係からであった。その前までの僕は、天国ビルの空室に居住していて、斎藤さんの世話になっていた。僕はそこにいて、彼の仕事を手伝ったり、詩を書いたりして失業時代の余波に漂っていた。ある日のことであった。空室ではあるが僕のいる空室に、のっくもしないで這入り込んで来た斎藤さんが、ばくさんもこんどはいよいよ月給とりか。と、いきなりそう云った。本人の僕は、いつのまに月給とりになってしまったのか一向知るよしもなかったが、うまい話でもあるんですか。ときくと、斎藤さんはその鼻ひげをむずむずさせながら、ばくさんが月給とりになるんだからこんなうまい話はない。と云うのであった。僕は例によって、そういう話の切り出し方の中に、斎藤さんのよさとずるさと商売とがごっちゃになっているのを見てとった。うまい話とは即ち、従来彼の販売していた温灸器の販売権を人に譲ることになったというのであったが、なにしろその人は素人なので、直ぐに商売を始めるには多少は鍼灸やその器械に知識のある者が一人要るというので、ばくさんぐるみ譲ることにしたと云う。まるで僕は景品みたいになるのであるが、斎藤さんに云わせるとこの場合も、むかしのあのおわい屋になった場合にしてみても、ばくさんのためだと思うからでわたしの商売はどうでもいいんですよ。と云うのであった。そこで僕は、るんぺん生活の清算をしたい僕自身のために、また永永とお世話になった斎藤さんの商売のためにもと考えた。

月給は？　ときくと、斎藤さんは右手の指を三本示した。食って三十円なら景品程度の僕にはまず上出来だと思ったが、月給ですよ月給。と斎藤さんは云うのであった。

器械と僕とを譲り受けた人は、前からの顔見知りであった。元はよく売れた器械であったが、斎藤さんがお灸の学校を手離すと同時に、みるみるその器械も売れなくなってしまったほど、器械と学校とは商売上密接な関係にあった。それを知ってか知らないでか、商売というものは広告の仕方ひとつだと云って、その人は前記の赤島ビルの一室を借り受けて商売を始めたのであった。同時に僕は三十円の月給とりになったのである。

主人は、一日に一度、おひる頃に顔を出しては広告に就ての想を練り、ひるめしがすむと、ではあとたのみますよ。と云い残して帰るのが常であった。

僕の役割は、能書を饒舌り、器械の使用法など説明したりして、客にその器械を売りつけることなのであった。時には、客をモデルにして実際に器械を使ってみせたりした。そういう時には、まず、客の後頭部のへこんだところに僕は自分の右手の母指をあて、左の掌でその額を支えるようにして、きゅっと母指でおし上げるようにおさえてみせるのである。

どうですいい気持でしょう。と云うと、客は、うむ。とうなづくに定まっていた。ここが亜門というツボですよ、鼻血なんか出した時ここんところをこうしてきゅっとおしてやればおしているうちに鼻血が止まってしまうんです。と云うと客は必ず納得する。そしてその納得にもう一度念をおしてやるように、僕は母指と人差指との股をひろげ、首筋の両側を探り、ここらに天柱というツボ、ここらが風池で、このツボ、所謂、急所というのが頭にだけでも三十ヶ所程もあるんですよ。といった調子で一往ツボの実感を与えておくのである。それからおもむろに、艾に点火し、それを器械に挿入して客の肌にあててみせる。灸なら誰もが熱いと云いますけれど、これはどうです熱いですか。と云うと、客は熱くない。と必ず云う。しかし熱くすることも出来るんですよどうです熱いでしょう。と云うと、客は熱いと云う。それはこのスプレーというのが調法なもので、こういう風に手を小きざみに動かしながら熱の調節をとることが出来るので患者は自分の肌に適当なだけの熱を以て治療が出来るわけです。治療はすべて、ツボによって施すのであるが、それは、器械に添付の採穴法に詳しく出ています。

と、ざっとそんな工合なのであった。

来る客は、どれもこれも病人なのであった。中には、新聞広告を見て文句を云いに来た者もあった。胃潰瘍が根治するというのは事実であるかと云ってまるでつっかかって来るのであった。その客は、永い間わずらっていて医者の薬もずいぶんのんでみたし、外の治療もやってみたのだが、だまされたみたいにどれも埒があかなかったと云い、この器械もまたその手ではないかと思って来たのだが、ほんとうに根治するかしないか、ほんとうのことを教えてくれと云うのであった。いささか僕も困まって、いっそのこと、実は僕、詩人ですと云って白状してしまいたかったのであるが、詩人には詩人の立場からの見方もまたあった。

一体、いつ頃からの御病気ですか。ときけば、もう五、六年もわずらっていると云う。根治するかしないかは別として、もう一度だまされたと思ってこの器械を試みてみたらどうですか。ときけば、一ヶ月も続けてみればいいのか、と客は云うのであった。そこで僕は勇気をふるって云った。

五年も六年も患っている人が、一ヶ月で治ろうとするから無茶なんです。そこがまた病人である証拠であって、からだばかりが病気だと思ったら大間違いです。と云うと、客はその眼を白黒させた。そこでまた僕はつづけた。ほんとうに自分の病気を治そうとする気があるなら、治すに一年かかっても二年かかっても三年かかっても、病気の五年や六年に比べればなんでもないことで、その上、治ればまたそれに越した幸せはないではありませんか。と云った。客はだまってきいていたのであるが、だまされたと思って買ったのか一台の器械を風呂敷にくるみ、それを小脇にかかえてすたすたと帰って行った。

そのようなことなどあって、僕は日々を過ごしていた。

やがて、竹部さんからの手紙は来た。
「娘は貴兄にたいへん好意をもっているらしく見合いをする気持が濃厚に動いているそうです」と云うのである。実物よりもよく似ている僕の写真を送っておいたからであろうか。万が一よくも似ていない実物の僕を見て、彼女が失望してしまったらやり切れないと思いながら、見合いの場面など僕は想像した。

竹部さんと僕とは、例のエスキヤールで、見合いについて打合わせた。先方のいわば見合いの係りみたいな人が二、三人も来るということをきいて、僕は少しばかり顔赤らめた。そして、僕も味方がほしくなってきた。といって自分の結婚を天国ビルの斎藤さんに打ち明けてしまうには、気のひけるところがあったのだ。僕は郷愁に襲われた。こんな時、この東京に、親や兄弟と遠く離れてしまった自分の姿をせつなくおもった。結局、親代わりにとそうおもって、僕は金子光晴さんにじぶんの結婚を打ち明けた。

見合いの日、時間前に僕は金子さんを訪ねた。男の眼だけで観るよりは、女性の眼でも観てもらえばまた参考になることもあろうとの、金子さんのきもいりで夫人の森三千代さんも見合いの席へ参加してもらうことになったのである。早速森さんは、この花婿候補者の身のまわりを点検した。

ばくさん、爪は？　と森さんは云った。僕はまるで子供みたいにてれながら、この通りですと答えるかわりに両手の爪を示した。

感心ね。と森さんは云った。爪のことだけは自分ながらも常々感心していることで、生活がどんなに泥まみれになって地べたに寝ころんでいた頃でも、僕は爪を伸ばしていたことはなかった。友人の誰それの爪先が黒いということまで覚えているくらいに自分の爪の監督を忘れず、爪を切るのさえ今でも表へ出て切る習慣なのである。

僕らはエスキヤールに集った。僕の顔がてかてかしているのは、ひげの剃り跡にメンソレタムをぬったからであった。僕の左隣りには彼女の姉。その隣りが彼女。その隣りが彼女の義兄で竹部さんに縁を頼んだ人である。その隣りが僕の味方の森三千代さん。その隣がり産婆役の竹部さん。その隣りが金子さん。その隣りが僕という工合に、ぐるっとテーブルを囲み、コーヒーと林檎を前にした。むろん、エスキヤールの女給達も主人も、ばくさんの見合いだとは一向に気がつかない。静かな音楽もそれとは知らずにいつものような回転を繰り返していた。そして僕は、席の人々が何を饒舌っているのかききとれない。彼女は適宜にこちらを見ては森さんに何事か話しかけられてうなずいたり首を振ったりしていた。僕も適宜に、彼女を見ては、聞えもしないみんなの話声に笑ってみせたり口を噤んだりしていた。すると、彼女の義兄さんが立ち上がるような格好をしたかと思うと、

どうですふたりで一寸表へ出てみたら。と云った。僕は何のこだわりもなく、それではみなさん一寸失礼します。と云って立ち上った。だまって彼女もつづいて来た。ふたりは、両国駅のコンクリートの壁に沿うて、右の方へ歩き出した。痩せ形の彼女の姿を右にかんじながら、僕は彼女の写真を思い出していた。写真の彼女は実物よりは肥り気味なのである。しかしそのことが、僕に対して何の変化も与えるというのではなかった。僕は、結婚することに定めた時からのこころのままで引きつづき歩いた。ただ、彼女だけが定めさえすれば、定めた所から直ぐにエスキヤールへ引返して、待っている人達に返事をすればよいのであった。しかし彼女は、定める話をなかなか切り出さなかった。こうなってしまえば、見合いの係に相談する余地もなくいまは彼女自身の独立した意見で定めなくてはならないのでそこに迷いのようなものが生じているのではないのかと思うと、厚かましいが、親切に、

こちらから定めてやりたくなってきた。

僕は結婚することに定めたんですが結婚することに定めますか。と臆面もなく僕は云った。すると立ちどころに結婚することに話は定まったのである。ふたりは、恋愛なしで楽々と得てしまった「結婚」を抱えるようにして、コンクリートの壁の尽きた所から引返した。途中、僕は彼女に、将来なにかじぶんのしたい希望があるのかときいたが、生花を研究したい。と彼女は答えた。それに対してその時僕はなんと云ったのかも忘れてしまったが、この文章を書きながら女房（当時の彼女）にきいてみると、そうですかそれはいいですね。と僕は云ったそうだ。

ふたりがエスキヤールに戻って来ると、みんなはそわそわした。就中（なかんずく）、産婆役の竹部さんは、どうなることかと思っていたらしく、飛ぶように席を立って来た。まもなく、みんなはほっとした。エスキヤールを出ると、金子さんと森さんと僕とは、駅前通りへ出て国技館の所を右へ両国橋を渡り、浜町河岸へ出た。顔のあたりに、ぽつり、そしてぽつりと、雨の気配がした。

金子さんと森さんと僕とは、彼女の味方と僕の味方とに別れた。

いいじゃないのおとなしそうで。と森さんが云った。

結婚するんだね。と金子さんは云った。

僕は、とうとう結婚するのかと思うと、急に大きな忘れ物に気がついて来た。机もなければ蒲団もない。着替えもなければ金もない。有る物はトランク一箇とその中にある自作詩の掲載誌と、詩の原稿とじぶんのからだとそれだけであった。自宅は赤島ビルの二階にあったのであるが、温灸の器械やらそのパンフレットやら、艾などと雑魚寝なのであって、ひとつとして結婚生活にふさわしい物がなかったのである。

僕は金子さんに協力してもらって、現在の牛込弁天町のアパートに四畳半を見つけてよろこんだのである。そして、金子さん宅の押入れから小さな机を運び、小さな本立を運び、金子さんのどてらを一枚と、小さな座布団一枚とを運んで来た。座蒲団は大急ぎで間に合わせてくれた森さんの手製なのであった。そこへ堂々と、新しい箪笥が運ばれて来て、僕自身見違えるほど、人間らしく生生として来た。

既に、僕は結納も済ませておいた。最初のうちは、結納も結婚式もはぶいて、直ぐに結婚生活を始めてもよかろうと、僕らしく考えていたのであるが、世間の手前、形だけでもと、竹部さんからの意見があった。僕は、世間の人達がどれ位の金を結納に使うのか、結婚式に要る金がどれ位のものなのか、さっぱり見当もつかず、世間のすることを標準にしたのでは、結納も結婚もおぼつかないと思ったのでじぶんなりに踏ん張ったつもりで、十円ではどうだろうと思った。

そのかわりお返しは要らぬ。と云うと、

そうだそれならばお返しを五円と見ても要らぬことにすれば十五円の価値が出るわけだ。と、竹部さんは僕をべんたつしてくれた。ところで、結婚式の費用であるが、一生に一度と云われている結婚だとあってみれば、一月分の給料三十円を前借り出来るかと思い、温灸器の主人に事情を打ち明けた。結婚なんてそんなもの五円もあれば沢山だ、うちは五円でやった五円で。と主人に食らわされた。僕の顔はほてった。その上、その五円すら借りる勇気を失った。だからと云って結婚まで、棄てるまでにはまいらなかったのである。僕はしばらく振りで兄貴夫婦に手紙を書いたのである。そして、特に、無心の最後だからということを書き加えた。

さて、曲がりなりにも、すべての準備が整った頃、結婚ときいてびっくりしたのは天国ビルの斎藤

さんであった。彼は唖然としていたが、
考えてごらんなさい、結婚というのは女と男とがくっついていればいいというもんじゃないや、そのうちには子供が出来るし、おぎゃあと同時に五十円要るんですよ五十円、産婆さんに五十円ですよ五十円、やめた方がいいや。と斎藤さんは云うのであった。僕はなんにも云わずに彼の顔を見つめていた。すると斎藤さんは出すぎたじぶんの饒舌に気がついたらしく、
まあいいや、どんなものか結婚してみるんだな。と彼は云った。
結婚式の夜は来た。僕は、三円で染め更えた茶褐色の背広姿になった。かねがね彼女にも、礼服なしにしてもらいたいとこちらの意見を通じておいた。式場に関する一切のことは、金子さんにおねがいしてあった。式場は新宿の泰華楼。彼女と彼女の姉さんと僕とは、少々早めに一階でみんなを待っていた。まもなく顔が揃って、みんなは二階へ昇った。昇ると左側にささやかな応接間があった。這入るとすぐに眼についたのがメニウであった。僕は盗むようにしてのぞき込んだ。が、一品二円五十銭以下の料理が見当らないのである。
うっかりそこらの部屋に這入るととんでもないことになるよばくさん。と金子さんに云われて気がついた。というのは、金子さんが十円で結婚式の費用を引受けていたからである。僕らは表に面した部屋に案内された。ところどころ屏風に仕切られた部屋であった。
彼女と僕とは、端っこの方に並んで坐った。ひざまづいて並んでいると、だんだん、花嫁と花婿のかんじがしてきた。花嫁と花婿の両側にみんなはもっともらしく並んでいた。モーニングを着込んですましているのは天国ビルの斎藤さんであった。彼は、花嫁と花婿を交々に見ていた。僕はいっそのこと、斎藤さんのモーニングを拝借して、彼女には貸衣装屋の礼服を着せてやればよかったなどと思

うと、初婚のせつなさがそこらに漂って来た。

料理が運ばれた。直径一尺ほどもあろうかと思われる大きな器に、食べたことのあるようなないような料理が、適宜な間隔で三つ置かれた。

なんとか挨拶を述べなくてはなるまい。と小声で金子さんが注意をしてくれた。僕は姿勢を正して挨拶した。

もっとなんとかしなくてはならないところ、時節柄ほんのおしるしだけにいたしました、どうか召しあがって下さい。と述べたのである。

世は既に支那事変下にあった。至る所で、日の丸の旗と万歳とが見受けられた。

僕と彼女は、弁天町の四畳半で、結婚生活に取りかかった。彼女の名は静江である。夫婦になったからって、いきなり、おい静江と呼ぶことも出来ず、と云って、静江さんと呼ぶにもなんとなく気がひけて、馴れるに任せることにしてしまった。それから、ひと月ほども経った頃、僕らの結婚生活は、年越しのそばひとつ食うことが出来なくなって、彼女は泣き崩れた。僕もかなしくなったのは事実であるが、今更、ふたりがかりで泣くわけにもいかず、恥を冒して彼女をべんたつした。

三十円の男だとは承知のうえではなかったのか。ときくと、それは承知はしていたけれどまさか大の男がそんな筈はないと思っていた。と彼女は云った。僕は、声はりあげて泣きたいところぐっと声をのみ込んで考えた。なにも、詩ばかりを推敲するのが詩人でもあるまい。と考えた。結婚生活にしてみても、推敲するより外には途がないと考えた。たった、原稿紙一枚ほどの詩のために、二百枚、三百枚、四百枚と、推敲しなくては詩も書けないような僕なのであってみれば、生活もまた推敲なのだとおもってじぶんをはげました。

そのうちに、医療器の商売は駄目になり、こんどは、ニキビソバカスの薬の通信販売を始めたが、それも駄目だった。天国ビルの斎藤さんは、僕の顔を見るたびに、もう駄目ですよいまのうちに別れるんですな。と繰り返した。しかし僕は、斎藤さんのためにと思って結婚したのではなかった。別れるために結婚したのでもなければ、めしを食うために結婚したのでもなかった。であるから、別れろとすすめられたり、または、食えなくなったという理由で、結婚生活を棄てる気にはなれなかった。僕は日々額に汗して、材木新聞社の記者見習みたいな、走りづかいみたいな職に就いたり、高利貸の手代みたいなことをしたり、時には、このような原稿などを書いたりした。ある日、斎藤さんを天国ビルに訪ねると、彼はいきなり僕を誤解した。

ばくさんとは今日限り絶交です。と云ったのである。彼は「詩人便所を洗う」と題した拙文を、「中央公論」で読んだと云って、憤怒そのままの斎藤さんになりかわっていた。そして彼はつけ加えた。知らない人があれを読んだら、まるでわたしがばくさんを食い物にしていると思われるんです。と云うのであった。しかし、それは、そうだとばかりも云えないと僕は思った。なぜなら、いつもばくさんばかりを見馴れていた斎藤さんにしては、あれを読んではじめて、ばくさんから観られてしまった感じもしたのではなかろうか。

あれから六年も経ってしまった。僕は官吏になった。一昨年の六月には男の子が生れてよろこんだ。それから去年の七月、誕生一寸過ぎた頃にはその子に死なれて悲しんだ。そんなことなどもあったりしたが、僕の結婚生活も、どうやら世間の杞憂を乗り越えて来たようだ。

詩人の一家

　この家に、ぼくの一家が、住むようになってから、もはや、五年も過ぎてしまって、持主に対しては、はなはだ申しわけないことになってしまったものだ。と云うのは、二、三ヶ月の間という約束で、ぼくら親子三人は、この家の六畳間に、おいてもらったからなのである。二、三ヶ月の間という約束は、当時のぼくにとって、出鱈目な約束ではなかった。ある書店から、ぼくの詩集が出版される運びになっていて、すでに、多少の前金をもらい、印刷も校了になっていたので、その本の印税をあてにして、別に住む場所を探すつもりでの予定した期間なのであった。ところが、まもなくのこと、印刷屋の火事で、詩集の紙型は焼失してしまい、つづいて、出版社がつぶれてしまって、ぼくの手許に届けられたものは、印税ではなくて、原稿とゲラ刷りなのであった。そのために、ぼくの予定が、すっかり狂ってしまって、すでに五年も過ぎているのであるが、約束の二、三ヶ月を、未だに果たし得ない始末なのである。

この家は、門構えの大きな平屋で、建坪が五〇坪、敷地が三〇〇坪なのである。天井の高い、総桧の家で、玄関からの廊下が、まっすぐにずっと奥の方の離れまでつづいていて、その廊下の両側に、いくつもの部屋が配置されているのである。ぐるりには、ヒバの垣根をめぐらし、門のところから裏の方へかけての家の北側にあたるところには、銀杏の木や杉の木、あるいは栗の木が、屋根よりもずっと高くのびている。玄関は、東側にあって、はいると、廊下の左側のとっつきの六畳間が、ぼくの一家にあたえられている部屋なのだ。その部屋は西南に向いていて、そこにも廊下があり、廊下をへだてて庭に面している。すぐ眼の前には、ヒマラヤ杉がのび、そのうしろに少し離れてネコ柳がゆれている。ヒマラヤ杉の右横には、ひょうたん池があって、柿の木が影を映している。こんな環境だけに、自分ながら自分のみすぼらしい生活が、よけいに鼻についてくるのである。ぼくは、殆ど毎日というほど、街へ出かけるのであるが、知らない人の眼には勤めているように見えるらしく、パン屋のおかみさんなど、ぼくに、「ひるごろからのお勤めなんて、いい御身分です。」と云ったりする。そんな風に見えても、実際は、金の工面に出かけなくてはならないからなのである。しかし、金の工面をするには、必ずしも新聞社、雑誌社、知人友人、先輩後輩とは限らないのである。時には、風呂敷包を小脇にかかえたり、時には、手にボストンバッグをぶらさげて出かけることもあるのだ。いつぞや、ボストンバッグをぶらさげて、こっそり玄関を出たまではよかったが、門のところで、ミミコに見つかった。ミミコは、石の段々の上に木の葉っぱを並べて、おともだちといっしょにそこにしゃがんで、ままごとをしていたのであるが、いつもの外出のときとは様子がちがっているとおもったのか、木の葉っぱを手にしたまま立ち上がり、ボストンバッグを見て云った。

「そんなものもってどこいくの、」

しかし、ぼくの行先は、ミミコに教えるには、まだまだ早すぎるところなのだ。

「おつかいだよ」

ぼくは、そう云ってごまかし、そこに並べられた木の葉っぱを避けながら、段々を降りたのである。

ぼすとんばっぐを
ぶらさげているので
ミミコはふしぎな顔をしていたが
いつものように
手を振った
いってらっしゃあいと
手を振った
ぼくもまたいつものように
いってまいりまあすとふりかえったが
まもなく質屋の
門をくぐったのだ

自作の詩であるが、この詩からもうかがえるように、作者の生活ぶりは金に縁があるとは云えないのである。そんなわけで、約束の二、三ヶ月がのびのびしているうちに、五年余りもこの家のお世話になって来たのであるが、さて、いつになったら引越しが出来るものやら、金との縁がつかない限りは、皆目その見とおしもつかないのだ。

ある日のこと、仕事のために机に向っていると、傍にいた女房が話しかけるのである。

「お米の配給なんですが、どうします。」

「どうしますってことはないだろう。」

ぼくはそう云って、女房を振り向きながら、

「どうしますもなにも、配給じゃないか。」

ときめつけたのである。すると彼女は、ぷいと立ちあがったのだが、そこにあった洗濯物をひったくるみたいにして、そのまま裏の方へと姿を消してしまったのだ。要するに、金がないからなのである。

ぼくは、しばらくの間、机に向っていたのであるが、もう仕事が手につかなかった。頭のなかには入れかわり立ちかわり、いろんな人達の顔が現われては消えるのであるが、どんなに物色してみても、それらの顔々には、金策の相手になりそうな顔が見つからないのである。すでに、どの顔にも借りがあるからなのだ。だからと云って、じっとしているわけにもいかず、とにかくペンをおいて、ぼくは、出かけてみるより外にはなくなったのだ。

家を出て、石っころのごろごろ路を右へ出ると、そこは舗装道路である。よく事故のある道路なので、ぼくはいつもするように一寸そこに立ち止り、ミミコに教えておいたとおりのことを、ぼく自身もするのである。即ち、右を見て左を見て、それから舗装道路を横切るのだ。その道路を横切ると、すぐにまたもう一つ、右を見、左を見なければならない道路である。その道路を突っ切ると、道は、はじめて素直になり、すらすらと駅の方へとのびているのである。戦前なら、米だって借りることが出

来たろうに、敗戦後のせちがらさを身に感じながら、米の配給所の前にさしかかった。すると、むこうの方からやって来る人に気がついたのである。質屋のおばさんなのだ。並を外れて背の高いそのおばさんは、片手に買い物籠を重たそうにぶらさげているが、重たいその籠のせいか、または着物のせいなのか、長い足をしていながら、小きざみに歩いて来るのが異様に見えるのだ。それにしても、とんだところで出会したものである。ぼくは、こころのなかでそうおもいながら、たとえ顔馴みの質屋さんではあっても、いまここで挨拶などされようものなら、それは直ちに質屋とぼくとの間に縁のあることを意味するわけで、この往来をいつもすまし顔で歩いているにちがいないぼくにとっては、世間の見ている眼の前で面の皮を一枚剥がされるみたいなおもいを予想しないではいられないのだ。とは云っても事実は質屋通いをして、そのおばさんの世話になったりするのであってみれば、ぼくに挨拶しようがしまいが、腐れ縁だとおもっておばさん任せにするより外にはないのである。おばさんとの距離が次第にちぢまって来た。しかし、ぼくのことには気づかぬ風である。しかし、生憎と、すれちがいに、おばさんがこちらを振り向いたのだ。ぼくはおもわず、口を突いて云った。

「こんにちは。」

おばさんは頭を下げたが、あべこべにきまりわるそうにして、

「今日はいいあんばいで。」と云いながら行った。

米の配給所を過ぎると、やがて、荒物屋を過ぎ、床屋を過ぎ酒屋を過ぎて八百屋を過ぎて、駅前まで来たことは来たのだが、ぼくは、おもいなおして、いま来た道を家の方へと引返した。どうせ、当てもない金策のために、電車に乗ったり歩いたりして、一日中をあっちこっちしているよりは、と、そうおもって、またしても質屋ののれんをくぐることにしたからなのである。八百屋、酒屋、床屋、荒

物屋、そして、米の配給所と、引返しの道を歩いて来ると、まもなくそこの両側が畑なのである。先程は、気がつかずに通り過ぎてしまったが、そのあたり広々としていて、畑の麦は一斉にのびきっている。いつもなら、右手の畑をへだてて、質屋ののれんが見えたのだが、それも、いつのまにやら、麦の穂波に遮え切られているのである。

家に帰り着くと、部屋には、ミミコの姿も女房の姿も見えなかった。ぼくは机の前に坐りこみ、吸い残しの煙草に火をつけた。やがて、洗濯がすんだらしく廊下に足音がしたかとおもうと、女房が戻って来た。彼女は、ぼろぼろの手拭で手を拭きながら云った。

「お米の配給というのに、どうしたんですかね。」

「質屋はどうかね。なにかないかね。」

「そんなのありっこないでしょう。」

そうは云いながらも、女房はその気になったらしく、彼女は箪笥の前に行った。しかし、箪笥のひき出しから取り出したのは、質種ではなくて、何枚かの質札なのである。彼女はそれを一枚ずつ、膝の上で調べた。

「みんな持ち出して、何もありはしない。」

彼女はそうつぶやきながら、立ち上って、また箪笥の前に行き、こんどは、一番下の大きなひき出しを開けた。彼女は、そこから、冬のコートを取り出すと、それを黙ってぼくの眼の前に置いたのである。

「どうだい、あったじゃないか。」

「なにさ、いくじなしが。」

彼女は仕方なしに笑った。そして彼女は、押入を開けたが、背を向けたまま云った。

「風呂敷ですか、ボストンバッグですか。」

「ボストンバッグだ。」

ぼくはそう答えて、夜なら風呂敷でもかまわないのだがとおもいながら、女房からボストンバッグを受けとると、そのなかに、コートを押しこんだ。これなら、そこらで近所の人に出会しても、まさか、質屋に行くとはおもうまいと、ぼくの劣等感はほっとしたのであるが、ボストンバッグを手にぶらさげて立ち上ると、女房が云った。

「わざわざこんなまっぴるまに行くことはないでしょうよ。」

「まっぴるまだって平気さ。」

ぼくはそう云ったが、先程の麦畑の穂波をおもい出していたからなのだが、もう質屋ののれんをくぐっても、その姿が、往来の人の眼にふれる気づかいもなくなっているのである。それよりも、ミミコの姿が見えないのが気になった。ぼくは、ボストンバッグをぶらさげて、門のところの段々を降りながら、いまにもそこらの木蔭から、なんにも知らないミミコが飛び出して来て、両手を高く振りあげ、「いってらっしゃあい。」と叫ぶのではないかと、そうおもわずにはいられなかったのだ。

年譜〈山之口貘の生涯〉

本年譜は、松下博文氏の労作による『山之口貘詩文集』（講談社　一九九九）掲載の「山之口貘年譜」を参考に作成した。

一九〇三（明治三六）年

誕生／九月一一日、沖縄県那覇区東町大門前で父山口重珍（やまぐちじゅうちん）、母トヨの三男として生まれる。戸籍名重三郎（じゅうさぶろう）、童名さんるー。長男重慶、長女オト、二男重二郎、二女ツル、後に四男重四郎、三女キヨが生まれ七人兄妹となる。山口家は三百年続いた沖縄の名家で、父は第百四十七銀行沖縄支店勤務。幼年期から中学時代はかなり恵まれた環境で育った。

◎ライト兄弟が人類初の動力飛行に成功

一九一〇（明治四三）年

七歳／四月、那覇の甲辰尋常小学校入学。長兄重慶から絵の手ほどきを受け始める。

◎日韓併合条約締結

一九一六（大正五）年

一三歳／三月、甲辰尋常小学校修了。初恋相手だった下級生のオミトのことが頭から離れず沖縄県立第一中学校（現県立首里高等学校）の受験に失敗する。四月、那覇尋常高等小学校高等科に入学。

◎コレラ大流行

一九一七（大正六）年

一四歳／四月、再び沖縄県立第一中学校に挑戦し合格。入学早々、校長の修身の時間に居眠りし、「注意人物」としてマークされる。また、学校が沖縄語（ウチナーグチ）を使った生徒に罰札を渡す標準語励行運動を押し付けたことに反発し、意識して沖縄語を使い、罰札を一人占めにしたりした。

◎ロシア革命

一九一八（大正七）年

一五歳／下級生の姉で県立第一高等女学校の学生だった喜屋武（きゃん）呉勢（ぐじー）に思慕の情を抱き、密会を重ねる。詩「恋人の番兵」を手紙に添えて送った。

◎米騒動
◎第一次世界大戦終戦

一九一九（大正八）年

一六歳／兄や姉を説得し、熱心なユタ信者である両親にはユタを利用して、呉勢との仲を許婚の間柄にまでまとめあげるが、呉勢に対し肉体的欲望を抑圧し続けた結果、極度の神経衰弱になり半年間入院。後に転地療養するが、療養中に呉勢の心変わりにあい、精神的ショックを受ける。この頃から大正一〇年にかけ、「詩集　中学時代」と題した八篇の散文詩を書く。

◎パリ講和会議
◎朝鮮で三・一独立運動

一九二〇（大正九）年

一七歳／三月、落第。この年、社会主義思想家の大杉栄の影響を受け、「石炭にも階級がある」と発言した博物の教師への抗議詩「石炭」を「サムロ生」のペンネームで琉球新報に投稿。学校で問題になる。一方で、小田栄、中村渠(かれ)らと詩誌「ほのほ」を、また、伊波南哲、下地恵信と三人で「榕樹」を創刊。この年、父重珍は沖縄産業銀行八重山支店長に転職し、鰹節製造業にも乗り出す。一家は八重山に移り那覇には貘一人となった。

◎国際連盟発足

一九二一（大正一〇）年

一八歳／八月一日から一二月一日まで「八重山新報」に八篇の作品が「佐武路」のペンネームで掲載される。サボる日を続けていた学校はこの年に退学。また、恋愛では呉勢から許婚の解消を申し渡され、家庭では父の鰹節製造業が不漁続きと経済不況のあおりを受けて倒産する事態に陥っていた。

◎中華民国で中国共産党結成

一九二二（大正一一）年

一九歳／一月一日から八月二一日まで「八重山新報」に一三篇の詩が「サムロ」「佐武路」「三路」「三路生」のペンネームで掲載される。秋、鹿児島経由で上京。初めてヤマトの土を踏む。早稲田戸塚の日本美術学校に入学し、その入学式で一生の友となる南風原朝光（はえばるちょうこう）（後に画家）と出会う。だが、ここも教師と対立して一ヵ月で退学。約束だった父からの仕送りが上京以来一度もないため放浪状態となり、友人の下宿を転々としながら本郷絵画研究所に通う。この年、初めて雪を見る。

◎ソビエト社会主義共和国連邦誕生

一九二三（大正一二）年

二〇歳／九月一日、関東大震災に遭い、罹災者恩典で帰郷。父の鰹節製造業が失敗していることを知り、一二月、八重山に渡る。徴兵検査を受け、第二補充兵に合格。

◎関東大震災

一九二四（大正一三）年

二一歳／再度の上京を決意して七月に八重山を脱出。那覇に舞い戻った貘は、国吉灰雨、新島政之助、桃原思石、上里春生、伊波文雄らと「琉球歌人連盟」の活動を始めた。啄木や牧水に心酔。この頃からタゴールの詩集『新月』『園丁』『ギタンヂヤリ』を読み耽ける。

◎第二次護憲運動

一九二五（大正一四）年

二二歳／九月、詩稿を抱いて二度目の上京。

◎NHKラジオ放送開始
◎治安維持法制定

一九二六（大正一五・昭和元）年

二三歳／銀座二丁目の書籍問屋東海堂書店の発送部に住み込みの職を得る。これを皮切りに、煖房屋、鍼灸屋、ダルマ船、汲取屋、鍼灸医学研究所、ニキビ・ソバカス薬の通信販売などの職を転々とする。

◎大正天皇崩御、昭和に改元

一九二七（昭和二）年
二四歳／公園や駅のベンチ、土管の中、キャバレーのボイラー室、友人の下宿先など住所不定の放浪生活を続ける。昼間は芝の喫茶店ゴンドラに入り浸っていた。「改造」編集者の宮城聡の紹介状を持って、佐藤春夫を訪問。「ものもらひの話」など初期の作品を見てもらう。この頃、佐藤から高橋新吉を紹介される。
◎昭和金融恐慌
◎東京地下鉄道開業（上野〜浅草間）

一九二九（昭和四）年
二六歳／八月、東京鍼灸医学研究所へ通信事務員として就職。一二月、佐藤春夫が「詩人山之口君ハ性温良。目下窮乏ナルモ善良ナル市民也」と自分の名刺に書いてくれ、警察の不審尋問に役立つ。
◎世界恐慌

一九三〇（昭和五）年
二七歳／東京の伊波普猷宅に伊波普哲と居候する。
◎ロンドン海軍軍縮会議

一九三一（昭和六）年
二八歳／四月、詩の総合誌「改造」に初めて作品が載る。この頃、東京市本所区両国の両国ビル東京鍼灸医学校内に住む。東京鍼灸医学研究所在職のまま、同医学校に入学。
◎満州事変

一九三二（昭和七）年
二九歳／六月、浅草泪橋の泡盛屋で「詩集社」主催の「琉球料理を味わふ会」が催され、その席上で初めて金子光晴・森三千代夫妻に会う。
◎満州国を建国
◎五・一五事件

一九三三（昭和八）年
三〇歳／一月、貘をモデルにした佐藤春夫の小説「放浪三昧」が脱稿。一二月、同じく佐藤春夫が第一詩集『思辨の苑』序文「山之口貘の詩稿に題す」を書く。
◎国際連盟脱退

一九三四（昭和九）年

三一歳／一〇月、父重珍が大阪市北区都島中通に戸籍を移す。

◎ヒトラー総統に就任

一九三五（昭和一〇）年

三二歳／牛込余丁町の金子光晴の借家を頻繁に訪ねる。七月、金子光晴が『思辨の苑』序文「日本のほんとうの詩は山之口君のやうな人達から始まる」を書く。この年、東京鍼灸医学校卒業。

◎天皇機関説事件

一九三六（昭和一一）年

三三歳／一〇月、草野心平が金子光晴を通して原稿を依頼したのが縁で『歴程』の同人となる。この年、花田清輝を知り、後に、花田が編集した『東大陸』に「詩・世紀」を寄稿。日本歌曲の新しい創造を目指した詩人と音楽家の集団「ポムクラブ」が結成され、そのメンバーとなる。作曲家高木東六、歌手淡谷のり子、詩人北川冬彦らが集まった。東京鍼灸医学研究所を辞め、半年ほど隅田川のダルマ船に乗る。

◎二・二六事件

一九三七（昭和一二）年

三四歳／一〇月、金子光晴・森三千代夫妻の立ち会いで、茨城県結城郡の小学校長の娘安田静江と見合いをし、当日に結婚を申し込む。一二月、新宿の中華料理店「泰華楼」で結婚式。東京市牛込区弁天町のアパートの四畳半で新婚生活を始めたが、そのとたんに温灸器販売、ニキビ・ソバカス薬の通信販売をしていた勤め先が倒産して失業。

◎盧溝橋事件
◎日中戦争（〜一九四五年）

一九三八（昭和一三）年

三五歳／八月、第一詩集『思辨の苑』を巌松堂むらさき出版部から刊行。表紙の唐獅子の絵は兄重慶作。九月、銀座明治製菓で出版記念会。

◎国家総動員法制定

一九三九（昭和一四）年

三六歳／六月、東京府職業紹介所に就職、異動申告係に配属。初めての定職に就く。一〇月二六日、安田静江との婚姻届出。

◎第二次世界大戦開戦

一九四〇（昭和一五）年
三七歳／一二月、第二詩集『山之口貘詩集』を山雅房より刊行。
◎日独伊三国同盟成立

一九四一（昭和一六）年
三八歳／六月、長男重也誕生。
◎真珠湾攻撃により太平洋戦争開戦

一九四二（昭和一七）年
三九歳／七月、長男重也を生後一年余りで亡くす。
◎日本海軍がミッドウェー海戦で大敗

一九四四（昭和一九）年
四一歳／三月、長女誕生。潤いのある娘に育ってほしいとの願いを込めて泉（いずみ）と名付けた。一〇月、那覇大空襲で生家炎上。一二月、妻静江の実家のある茨城県結城郡飯沼村へ疎開。
◎昭和東南海地震

一九四五（昭和二〇）年
四二歳／一一月、兄重慶が栄養失調で死去。
◎アメリカ軍が沖縄に上陸
◎広島と長崎に原爆投下
◎第二次世界大戦終結

一九四八（昭和二三）年
四五歳／三月、悪性の風邪をこじらせて半年休職したのを機に、足かけ一〇年勤めた東京府職業紹介所を退職。七月、疎開先から東京に戻り、練馬区向山町の月田家に間借。文筆一本の生活に入る、池袋の小山コーヒー寮が仕事場代わりになった。
◎帝銀事件

一九五〇（昭和二五）年
四七歳／四月、日本女子大学の先生をしていた月田家のおばあちゃまのすすめで、泉が日本女子大学付属豊明小学校に入学。
◎朝鮮戦争勃発

一九五一（昭和二六）年
四八歳／六月、母トヨ、与那国の弟重四郎の家で死去。享年八一歳。この頃、毎月第三日曜日の夜に池袋の泡盛屋「おもろ」で南風原朝光、伊波南哲らと沖縄の祖国復帰を願って沖縄舞踊の会を催す。
◎サンフランシスコ講和条約締結
◎日米安全保障条約締結

一九五二（昭和二七）年

四九歳／三月、『金子光晴詩集』（新潮文庫）に解説を書く。九月、詩「沖縄よどこへ行く」を筋にして構成された「沖縄舞踊」がNHKテレビ実験放送で放映され南風原朝光とともに出演。一〇月、朝日放送の放送用台本として小説「詩人の一家」を書く。

◎GHQ廃止

一九五三（昭和二八）年

五〇歳／四月、父重珍、与那国島で死去。享年八三歳。一二月、『文藝春秋　冬の増刊爐辺読本』に金子光晴、草野心平との鼎談「貧乏詩人の歌へる——夜逃げ・借金・そして居候」が載る。

◎NHKテレビ放送開始
◎奄美群島がアメリカから返還

一九五四（昭和二九）年

五一歳／五月、朝日放送の放送用台本として「掌小説　父母会」を書く。

◎自衛隊設置

一九五五（昭和三〇）年

五二歳／五月、『現代日本詩人全集　第一四巻』（東京創元社）に『思辨の苑』『山之口貘詩集』から七一篇が収録される。この年の一月から全国繊維産業労働組合同盟の機関紙「全繊新聞」紙上で詩の選評を担当。死の直前の六三年四月一日号までの八年間、選評を担当する。

◎イタイイタイ病発生

一九五六（昭和三一）年

五三歳／二月、『琉球芸能全集』（おきなわ社）に編集委員として名を連ねる。四月、泉が練馬区立開進第三中学校に入学。一〇月、劇団文化座の記念公演「ちぎられた縄」（火野葦平原作）の公演用パンフレットに詩「不沈母艦沖縄」を寄稿。一二月、金子光晴、吉田一穂とともにラジオ東京の「作家と貧乏」に出演。

◎国際連合に加盟
◎水俣病発生

一九五七（昭和三二）年

五四歳／四月、現代詩人会総会に出席。

◎日本の南極越冬隊が南極大陸に初上陸

一九五八（昭和三三）年
五五歳／二月、フランスの文学誌『レ・レットル・ヌーヴェル』（ジュリアール書店）にジョン・ミリ、アンドレ・ミリ夫妻の翻訳と解説で「ねずみ」が掲載される。七月、『定本　山之口貘詩集』を原書房より刊行。一一月六日、那覇丸で三四年ぶりに帰郷し、二ヵ月近く滞在。
◎関門トンネル開通
◎東京タワー完成

一九五九（昭和三四）年
五六歳／一月、帰郷の途につく。四月、『定本　山之口貘詩集』で第二回高村光太郎賞受賞。同月、泉が都立大泉高校に入学。
◎安保闘争

一九六〇（昭和三五）年
五七歳／一一月、『現代日本名詩集大成7』（東京創元社）に『思辨の苑』の全篇が収録される。
◎カラーテレビ放送開始
◎ベトナム戦争（〜一九七五）

一九六三（昭和三八）年
五九歳／三月、新宿区戸塚町の大同病院に入院。四月、泉が早稲田大学入学。七月一九日、胃癌により四ヵ月の闘病の末、永眠。享年五九歳。死の直前に沖縄タイムス賞受賞。雑司ケ谷霊園斎場にて告別式。葬儀委員長は金子光晴。千葉県松戸市の八柱霊園に葬られる。八月、遺稿「摩文仁の丘」が服部良一により作曲され、嘉手納清美の歌によって東芝レコードから発売される。
◎アメリカ、イギリス、ソ連との間で部分的核実験禁止条約

一九六四（昭和三九）年
一二月、『鮪に鰯』原書房より刊行。

一九七五（昭和五〇）年
七月、那覇市与儀公園に詩碑建立。詩「座蒲団」が刻まれる。同月、『山之口貘全集』全四巻（思潮社）の刊行始まる。翌年九月完結。

一九七八（昭和五三）年
山之口貘賞（琉球新報社）設立。

一九九八（平成一〇）年
八月、芭蕉布の里、大宜味村喜如嘉（きじょか）に詩「芭蕉布」の一節が刻まれる。

娘より、そして、ファンより

山之口泉
高田漣
宇田智子

沖縄県と父・など

山之口　泉

私が初めて父の作品に出会ったのは、いったい、いつだったのだろうか。恐らく、物心つくずっと以前から、まるで日用雑貨の品々のように馴染み、共に生活して来たのだろう。気がついた時は、既に、そこにあったのである。父や母の存在が私にとって当然であるのと同じくらい、それはあたり前の顔をして、私の幼い人生の一隅を占めていた。そして、現在に至っている。

大ざっぱに言って、私は、父の作品が好きである。とりわけて、詩が好きである。その中でも特に、四十代前半までの作品が好きである。父の詩を朗読するような機会があると、いつもその時期の作品ばかりを片寄って選んでしまう。時々、父に対して後ろめたい気がする程である。でも、仕方がない。後半の詩は、私にはもうひとつ読みこなせないのだ。それは、自分がまだその年齢に達していないせいかもしれない。あるいは、その作品たちに、私が実際に見ていた晩年の父の姿が、微妙に重なるせいかもしれない。あるいは、単に、その作品の大方が、推敲され尽くしていない、というせいかもしれない。

『鮪に鰯』は、父の死後に出版された。完全に推敲済みの自筆の清書があったのは三分の一程度、後は未整理のままだったのを無理矢理まとめてしまったのである。父が生きていたら、とてもあんなに早く『鮪に鰯』は出版されなかったと思う。五年、あるいは十年、もしかすると二十年以上経った今でさえ、出ていたかどうか、怪しいものである。

それ程、父の推敲は、徹底していた。『定本山之口貘詩集』の中のどの詩を読んでも、磨きぬかれた小石のように、余分なしみもざらつきも感じられないのは、その、じっくり腰を落としてやりぬいた二十数年がかりの推敲のお陰なのだろう。何しろ、当然推敲を重ねて出している筈の掲載詩を推敲し直して出した最初の詩集『思辨の苑』を、再び推敲し直して数篇の新作品と共に『山之口貘詩集』にまとめ、それをもう一度推敲して、やっと、『定本山之口貘詩集』に漕ぎつけたのである。『思辨の苑』出版は、昭和十三年。『定本山之口貘詩集』の出版は、昭和三十三年。収録されているのは、大正時代からの詩篇である。

時間は、父にとって、無限に自分のものだったように見える。たった五十九年ぽっちの短い生涯ではあったけれど、実は、何百年、何千年、何万年という果てしない時間を、ちゃっかり私有していたのではないかと、私は密かに疑っているのである。そうでなければ、あの悠長な仕事ぶり、ひとつことに長いこと執着し続ける態度、などについて、いったいどんな説明がつくと言うのであろうか。

見方によっては、父のような生き方は、全く間が抜けていて滑稽であろうと思う。自分の死というものを、まるで勘定に入れていないように見える。この先僕にはいくらでも時間があるんだよ、という風に、余裕たっぷりの時間の使い方をしているうち、ある日突然、もうないよ、と打ち切られてしまう。こんな筈ではなかったなあと思っても、最早、遅いのである。絶えず死を意識し、生きている間に自分の全てを表現し尽くしたい、形あるものに残したい、やりかけたことを完成したいと願いつつ努力している人々にとっては、随分物足りなく馬鹿馬鹿しい人生に映るかもしれない。時間の大切さがわかっていなかったのだと言う人もいるであろう。父が死んだ直ぐ後には、私も、父を気の毒に思ったのである。四十年の詩人生活を通じて、出版された詩集は、たった三冊。それも、中身は、殆ど一冊の本と言って良いのである。何て詩集の少ない詩人であろうか。遺された父の机の横には、〈謹呈〉〈贈呈〉〈呈上〉〈恵存〉などと誌された他人の詩集が、堆い山をなして溢れるばかりに積まれていた。その中には、自他共に詩人と認める詩人の本、自分だけが詩人と認める詩人の本、今から詩人になろうという卵詩人の本、もう一度読みたくなる本、記憶の端に印象の残る本、読むそばから忘れてしまいたくなる本、と、実に様々な本があったのだが、それらの本の群れに対した時、私がいつも感じたのは、みんな父よりずっと気軽に詩集を出しているんだなということだった。父はそれらを黙って読み黙って横に積み重ねてゆき、批評めいたことはひとつも言わなかった。破綻続きの我が家の経済生活をこぼす母の口に蓋をしたい時だけ、「詩集が出れば、何とかなるさ」と調子の良いことを言いはするけれど、実際には、自分の詩集を出し急ぐ様子も、全くなかった。あきれる程のマイ・ペースである。と、いうのも、父には、本を出すということについて、父なりの頑固な考えがあり、それを非常に大切にしていたからだと思う。父にとって、詩集を出すということは、何にも増して重要なことだったし、だからこそ、心から満足のゆく出し方ができるまで、どれくらい長くかかろうとも、粘り続けるつもりだったに違いないのである。その前に早い死が訪れようと、気に染まない本を出してしまうことに比べたら、何程のことがあろうか。

と、今では私も考えている。

世間の風に当たりながら生きていると、自分の流儀に徹するのは、何事につけ、なかなか難しいようである。その難しいことを、父は、のらりくらり人懐こそうなにこにこ顔を見せながら、澄ましてやってのけてしまった。その厚かましさは、尋常ではない。いったい、どこから来るのであろうか。それは、父の、怖ろしく底深い自分への信頼、自負、といったものから生まれたように、私には思えるのである。その自信も、経験を積むことによって得た裏づけがあってできたものというより、むしろ、本能に近いもののような気がする。祖母のお腹の中にいた時からもう既に持っていたのではなかろうか、という類の、どうにも手のつけられない自信なのである。

父は、それ程有名な詩人というわけではない。同じ年代の草野心平さんは知っていても、山之口貘を知らない人は多いのである。今では、小中高校の教材に使われたりするので、若い人達の中にもちょっぴりは馴染みもできたようだが、昔はもっと誰も知らなかった。知っているのは、詩人仲間と一部愛好者と文芸出版に携わる人達と私の友人ぐらいではなかろうかという感じである。

ある日、私の遊び友達が、珍しく神妙な顔で、父の所にやって来た。小学校の四、五年のことである。腕には国語の教科書と鉛筆とノートを抱えている。学校で詩人年表のようなものを作って来いと言われたが何で調べれば良いのかわからない、おじさんは詩人だから教えてもらえると思って来たのだ、と言う。父はいささか面喰ったようだが、なかなか丁寧に、年表作成の手伝いをした。やると決めたら何事であれいい加減にできないのが父の常で、つい、説明にも熱がこもり、小学生相手にしてはちょっと詳細に亘り過ぎるきらいがあったように思う。というより、きらいだらけ、と言った方が良く、友人としてもこんなに長く詳しい説明を聞かされるなんて予想外だったのであろう。次第にお尻がもじもじし始め、落ち着かな気に一所懸命あくびを噛み殺したりしている。父が合い間に冗談を言って笑うとお義理に笑って見せるが、実は、話など半分も聞こえていない。〈もう説明はいいよ。早く年表に書き込みをして、終わりたいよ。ああ、おじさんになんか、聞きに来るんじゃなかったなあ〉と、内心ぶつぶつ言っているのが、明らかである。しかし、知ってか知らずか、父は動じない。散々彼女を焦れさせた揚句、やっと、現代詩に辿り着いた。と、ほっとする間もなく、軍国主義と戦争について、彼女が脅えてたじたじとなる程激しく語り、それらが人々の精神と言論の自由を如何に妨げねじ曲げていったか、如何に人々が時勢に勝てなかったか、何と多くの詩人達が戦争礼讃の詩を書いたか、と、嘆き、しかるのちにようやく、話は《現在》になった。「それで、現在の日本における代表的な詩人としては――」と、父が言った時、彼女はどんなに嬉しかったであろう。坐り直して鉛筆を構えると、父の挙げる数人の詩人の名を、教科書と照らし合わせたりしながら、きちんと年表に書き込んだ。その様子を、父は黙ってにこにこと見ていたが、書き終わった彼女がそそくさと鉛筆をしまおうとすると、おもむろに口を開いた。「ねえ、その現在の代表的詩人というやつに、どうしても忘れちゃいけない人を一人、おじさん入れ忘れたんだけど、あなた、わかりますかね」。真面目な彼女は、立とうとしていた腰をおろし、先生に質問された時のように慌てて教科書などをひっくり返したりしている。が、焦れば焦る程、彼女には答えがわからなくなるらしい。すると、気の毒な彼女に向かって、父は悠々と言ってのけた。「山之口貘」。おじさんを単なる詩人としてしか見ていなかったフシの彼女は、おじさん自身が自分をそれ程の詩人だと言うのを聞いて、すっかり困ってしまった。これは、おじさんの冗談かしら、それとも、本気なんだろうか——。とにもかくにも書いておこうと彼女は決め、山之口ばくと、最後に誌した。哀れな彼女の混乱ぶりなど意にも介さず、父は相変らずにこにこしていたが、彼女の書いた字を見ると、突然不愉快そうな顔になり、その手から鉛筆を取り上げた。「ちょっとノートを貸してごらん。おじさんの名前は、貘。ばく、ではないからね。ちょっと難しいけれど、間違わないように頼むよ」。以前、貘という字を間違って書いたために、「親のペンネームぐらい、きちんと書いてくれよ」と、ものすごく嫌な顔をされた憶えのある私は、かしこまって赤面している彼女に、ひたすら同情を禁じ得なかったのだが、果たして彼女は学校に提出する年表の清書に山之口貘という名を書き誌したであろうか。彼女には、おじさんが真底本気であたり前のこととして自分の名を挙げたということが、ついにわからなかったのではないかと思う。父は、単に、自分の知る事実を述べただけだったのだが。

若かった頃はどうか知らないが、当時の既に四十の半ばをとっくに越していた父には、人に対して虚勢を張るとか世間に向かって見栄を張るとかいうところが殆どなかった。もしも父が自分自身を指して「天才です」と言うなら、それは本人が心から信じ切って疑わないことなのであり、妄想ではあるかもしれないけれど絶対に大ボラを吹いているのではないのである。もちろん、逆に、「僕の頭は働きが鈍くてね」と言ったような場合でもそれは同じで、本人が完全に得心の上なのであるから、聞き手が気を遣って反論してあげたりする必要は全然ないということになる。父には父なりの確たる自己認識というべきものがあり、それに基づいて意見を述べるのであって、それが時としては人の眼に強烈な自惚れと映ったりあるいは卑下と受け取られたりするかもしれないなどという懸念はちらとも浮かばない様子であった。だから、件の私の友達が〈日本の代表的な現代詩人〉の一人として貘おじさんの名前を書いておこうかおくまいか心密かに悩んだと知ったら、父は大いに驚きかつ気を悪くしてぼやいたに違いない。「何だい、変な奴だな。僕の言うことを信じられないのなら、どうして話なんか聞きに来たんだろう」と。

「沖縄よどこへ行く」を除けば、父の詩は大方短い。たった数行あるいは十数行の短い詩の為に長々と時間を費やし、何百枚という原稿用紙を無駄にする、というので、それを知る人々の間では少々変人扱いだったらしいが、そのしつこい推敲ぶりが、即ち、父の自信そのものの表われだと私は思う。練れば練るほど良くなるのだ、という確固たる信念があるのである。要するに、自分の力をとことん信じているわけで、「そんなに書き直したら、かえって味を損ねませんか」と言う人がいると、「推敲というのは、作品を良くする為にするものでしょう」と返答して澄ましている。そしてひたすら推敲に励むのである。

　父は、なかなか単純な人でもあった。一見おかしな視点から書かれているようではあっても、実は非常に素直な詩が多いのは、そのせいに違いない。ものの見方がおかしく思えるのは、父が既成の考え方を使用せずに、原点から自分で考えてしまうからだと思う。子供の眼を持つ大人か、未開人の眼を持つ文明人、といったところである。単純、というのも、性格が単純、というより、人間そのものの基本が単純にできているのであって、だからこそどこにでも適応できる本能的なたくましさがルンペン生活などに耐えさせもしたし、一方では、コアラのようにストレスを体内に次第に積もらせ、余り長生きもできずに逝ってしまったのだという気がしてならない。それは、父が沖縄で生まれ十九の年まで育ったことと、大いに関りがありそうである。

父が遺した一冊の古ぼけたアルバムには、少年期から青年期にかけての見事に変色した写真が収まっている。そのうちの幾葉かは沖縄で撮ったもので、こちらを見つめて破顔しているのは、太陽と海の恵みをたっぷりと受けて育った南の島の腕白坊主以外の何者でもない。真黒く日焼けした顔に西表山猫みたいな吊りぎみの大きな眼の白目と人懐こくむき出された歯が、こんなに色褪せた写真の中でさえ、鮮やかに輝いているように見える。生き生きと無邪気な笑顔である。生まれて来たことに少しの疑いも持たない眼、自分の未来に一点の曇りもないことを信じている眼をしている。どこから見ても自然の子で、太古から繰り返されて来たリズムのままにこの世界に躍り出て、好奇心一杯の眼であたりを見まわしている少年。

私が知っている頃の父は、既に二、三十年以上も東京に住みついていたので、一見したところ、なかなかの東京者になり澄まし切っていた。ビルの立ち並ぶ街や雑踏が良く似合い、服の着方といい頭にのせたベレの斜めに傾いた角度といい、やや古臭いヨーロピアンの趣きはあるものの、どこからどこまで都会の申し子そのものという感じであった。夜ふかし朝寝の毎日で、昼は池袋のコーヒー屋さんを書斎兼連絡事務所のようにして便利にもぐり込み、お日様と遊ぶ時間など無かったから、肌の色も最早真黒でも浅黒でもなくなって、完全に都会人のそれになってしまっていた。見たところすっかり東京もんのこの父とあの写真の中の精悍な島の少年の間には、何十年という時間の隔たりが横たわっている。両者が全く別人のように思えたとしても、致し方ないことかもしれない。と、いうより、全然別の人間になってしまっていても不思議ではない、というべきであろうか。

　しかし、人は、そんなに変ってしまえるものではないらしい。父が沖縄で暮らしたのは二十年足らず、死ぬまでの東京暮しは、かれこれ、その倍の年数になる。数字だけでいえば、当然、東京もんの色が濃くて良いわけである。にもかかわらず、例え外見がどうであろうと、父は、真底、沖縄もんであった。育ったのとはまるっきり違う場所でまるっきり違う暮し方をしながら、父は、長い年月、自分の中の沖縄で生き、沖縄を生き続けていたのだと私は思う。父にとって、東京は、終の住みかとなったわけだが、その想いとしては、常に、仮の住みかだったに違いないという気がするのである。

　父が上京したもともとの動機は、美術学校にはいって絵の勉強をしたいということだったらしい。が、その望みは、入学後まもなく駄目になってしまった。実家が破産したのである。その上、没落に伴う諸々の事情から、父は、郷里に帰って暮すこともできなくなった。那覇の名家と呼ばれた家の呑気な三男坊は、突然、世間の荒波の中に放り出されたのである。こうして、二十歳になるやならずの年から、父の、いわゆるルンペン生活が始まった。

　と、言っても、当時のスナップ写真に見る限り、父の表情は未だ未だ明るい。無精ひげなど生やしていても、いじけた様子や荒んだ雰囲気はちっとも感じられない。今なお、島の少年の面影は色濃く残っているのである。恐らく、長男などと違って甘やかされて気楽に育って来たであろう父の、苦労をしたことがなく全く世間ずれしていない怖いもの知らずの面が、大きくものを言っていたのではないだろうか。相手に毒のあることがわかっていなければ、蝮に出会したって、ただの爬虫類としか思わない。世間に通暁していればこそいろんな怖しさもわかり怯えたり構えたり慎重になったりするのであって、はなから何も知らなければ天下無敵に決まっている。

しかも、父にしてみれば、故郷に帰りにくい事情が出現したとはいえ、それは永遠に続くものではなくほとぼりが冷め旅費さえ何とかなれば、いずれそのうちにはいつなりと戻れるようになるだろうというのどかな見通しがどこかにあったと思う。様々な葛藤はあったにせよ、別に故郷に捨てられたというわけでも捨てたというわけでもなかったから、父にとって沖縄は、やはり、最後に帰って行ける確かな所として懐かしく存在していたに違いないのである。その沖縄と、どんな時も肌身離さず持って歩いていたという折鞄の中の詩稿の束とが、知らぬ土地で住所不定無職着た切り雀の風来坊生活をしながらも生き延び続けるのにどうしても必要な、父の、いわば強力なお守りだったのではないだろうか。

私自身は、半分沖縄の血を持ちながら、沖縄を知らない。その地を踏んだのも、父の死後にたった一回あるだけである。東京で生まれ、母の故郷の茨城に疎開していた時期を除けばずっと東京で育ってきた私には、殆どふるさと感覚といったものがない。東京の中でもあちこち移動し、一箇所に根づかなかったせいかもしれない。長いこと東京を離れて暮してみたら案外東京を故郷と思っている自分がいたりするかも知れないのだが、現在のところ、どこへ行ってどこに住もうと構わないし、知らない土地に骨を埋めるのだって平気なような気がするのである。だから、父の沖縄に対する熱い気持ちは、理解はできるものの、多少たじろぎを覚えたり、時には羨ましかったりと、いつも複雑な思いを私に起させた。私にとって沖縄は父の郷里であるという以外の何ものとも言えず、父のはるか後方から時々背のびをして眺めてみる場所だったのである。そういう私が、父には、少し物足りなく思えていたのかもしれない。「桃の花」という作品には、そんな父の気持が穏やかな行間から漂って来る感じがあって、私も少し心淋しくなったりする。が、それは仕方のないことであると、父も、私も、お互いに知っていた筈のことなのである。

貧乏だ、放浪生活だと、その作品よりも喧伝された趣きがあるわりには、独身時代の父にとって、そういう生活は、案外平っちゃらだったのではないだろうか。父にこたえたのは、自分以外の者の生に責任を持たなければならなくなった結婚後の生活であり、沖縄を滅茶滅茶にしてしまった戦争とその後の沖縄の姿だったと思えてならない。東京に定住してからの父、敗戦後の沖縄についての情報だけをたよりに返還運動を推し進めていた頃の父、三十四年振りに叶った帰郷で実際に戦後の沖縄を見て来て後の父、と、その都度、父の中で変化し、崩れ、しぼんでいったものが、私にはまざまざと見えるような気がするのである。父の故郷では、太陽は海から現れ、海の向こうに帰って行く。その太陽と共に空に駆けのぼることさえ可能だと考えているような、果てしない海の向こうに夢をめぐらすことのできる美しい島に生れた少年の輝く眼は、都会に出てもなお、長いことその眩しい光を失わずにいた筈である。そして、瞳が輝いている間、その詩もまた生き生きとしたリズムを刻み続けた。その詩人の体内のリズムのように。

「沖縄は、ぼろぼろだ。昔の面影は、全くない」。父の沖縄をぼろぼろにした戦争は、島自体を焼けこげた岩野原にしてしまっただけでなく、その場に居合わせなかった島の人々の心をもぼろぼろにしてしまった。父は、帰るべき故郷を、その三十四年振りに沢山の人達の好意で実現した帰郷の際に、皮肉にも、完全に失くしてしまったように思えてならない。父の故郷は、死んでしまった。父自身もまた、その時点から徐々に死にかけていたのだと言ってしまって過言ではないような気がするのである。

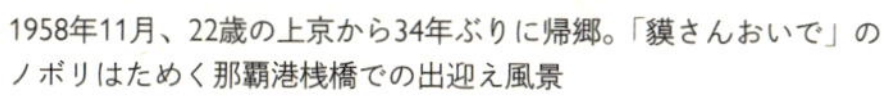

1958年11月、22歳の上京から34年ぶりに帰郷。「貘さんおいで」のノボリはためく那覇港桟橋での出迎え風景

父は確かに沖縄に生まれたのだが、私が育つ頃、沖縄は、ただのオキナワであった。私が学校で社会科の時間に習った一都一道二府四十二県の中に、沖縄は、含まれていなかったのである。まるで外国便のようにして沖縄から届く航空便の差出人の住所は、なるほど、如何にも不安定で、宙ぶらりんの沖縄そのままの姿をさらしているように見えた。が、父は、自分が沖縄に便りをする時、全く素知らぬ顔で、沖縄県——と、宛先を書き出すのだ。そう書くことが、まるで何かになるように。だから私も、未だ存命だった祖父母に年賀状を書く時に、見よう見まねで、たどたどしく、おきなわけんやえやまぐん——と、宛名書きをしたのである。そんな県などどこにもないと、学校の授業では教えられながら。

今ではまさかそんなことはないだろうが、私が学校の生徒だった時分、沖縄は、私の年代の子供達にとって、外国にも等しい所だったようだ。父が沖縄出身だと知ると、私の友人達の中には、「沖縄の人って、みんな英語をしゃべってるんでしょう」とか、「あなたって、ちっとも日本人と変らないのね」とか、言う子などもいて、私を面喰わせた。何のことはない、東京の人の沖縄への関心度は「会話」の頃から殆ど変っていなかったのである。私は、当初、そんな友人達の疑問をおかしく思い、笑い話のように軽い気持で父に告げた。が、父は、笑わなかった。苦笑いさえ、浮かべなかった。そして、それらの言葉を発したのがあたかも眼前にいる私ででもあるかのように、奇妙に白けた表情で私を見据え、「ほう」とひと言、言っただけであった。聞きたがり屋の父にしては全く珍しいことに、「それでお前はどう答えたの?」とも、尋ねなかった。これは、悪い徴候である。父は、ものすごく不機嫌になっているのだ。私は、慌てて父の前から退散した。

父の死後、八年たって、オキナワは、沖縄県に戻った。私の子供達は、皆、沖縄を沖縄県と呼ぶのを当たり前のこととして育って行く。沖縄が、日本の県ではなく、さりとて、アメリカの州なんかでもなかった、あの空白の時間を、彼等は知らない。そして、それに先立つ戦争を。それらをいやというほど知りつくしている人々の数は、次第次第に減っている。父の友人達の多くは、既に旅立ってしまった。今にすっかりいなくなってしまうだろう。新聞やテレビやラジオは、何喰わぬ風に沖縄を沖縄県と呼んでいる。今となっては、父のあのやり場のない憤りも悲しみも、世界の片隅にそんなものがあったことさえ誰も気がつきはしない。全ては包まれ押しやられ、やがて新しい時代の波がそれらをすっかり呑みつくしてしまうに違いない。まるで、一匹のねずみのように。

けれど、少なくとも今は未だ、私は忘れることができないでいる。母国のない宙ぶらりんの沖縄に向かって、故郷を失くした宙ぶらりんの父が頑なに書き続けた、沖縄県の県の字を。「沖縄は日本だ」と、死ぬまで繰り返し続けた、断固たる沖縄訛りの声音と共に。

現代詩文庫『山之口貘詩集』(思潮社 一九八八)より転載

ムコウノヒト

高田　漣

昭和を代表する詩人・山之口貘さんの『すごい詩人の物語――山之口貘詩文集』発売に際して、いちファンとして書かせて頂く機会に恵まれ光栄に思いつつも、四の五の言わずに、まずはその言葉に触れて欲しいという複雑な心境でございます。ですので、箸休め程度でこの文章は読んで頂けたら幸いです。

父・高田渡の歌を通じて、子供の頃から親しんだ山之口貘さんの詩の素晴らしさをどう言葉にしたら良いのかはいつも悩んでしまいます。多くの詩はお金に困るもの。場合によっては、妻子を質屋に入れてお金を借りようとする夢を見た話など（笑）。決して難しい言葉を使わずに紡がれる貘さんの日常のようにも思えるほど自然な文体。飄々とした語り口は時に鋭く社会を切り、時に時空を超えて宇宙から、あるいはあの世から僕らの世界を眺めている。実際は貘さんの詩はあまりにも自然なので、それが現実に起こりうるように思えてしまうほどのテクニックに裏付けられているのだと最近思うようになりました。でも、そのテクニックとは口先手先のものでなく、山之口貘というフィルターを通して語るからこそ産まれる詩なのだと。時を同じくして活躍した昭和の大詩人・金子光晴をも嫉妬させた貘さんの人懐っこい人柄がそのままのような言葉は結局のところ自然体なのですが。

僕は貘さんに直接お会いすることは出来ませんでしたが、そのご自身の詩を朗読された声を聴くと、沖縄訛りのその声色に貘さんは究極の「人たらし」だなぁ〜と感じました。何だか放っておけない、話すといつも笑ってしまって、駄目なところも沢山あるけれども、でもみんながいつも気にかけている、そんな「人たらし」だったのだなぁと。仕事柄、日本中を旅して回っていますが、その先々でたまに遭遇する、その「妖怪・人たらし」は時には地元の名士として地域の文化活動に尽力し、時に自由奔放な生活をしながらも地元で素晴らしい演奏活動をしたり、あるいは口は悪いけど、みなに愛されるバーのママとして、姿形を変えて僕の前に現れるのです。きっと、まだ僕の行ったことのない土地でも「妖怪・人たらし」は、現れては人々を魅了しているのだと思います。みなさんも見かけたことありませんか？　地元で、職場で、あるいはご近所で？

そう、僕にとって貘さんは唯一無二の存在でありながら、同時にそこかしこに存在する素敵な人々を見るにつけ、きっと貘さんってこんな人だったのだろうと思わせてくれる存在なのです。つまり、貘さんのある種、個人史的な詩を読んで感じる懐かしさはきっと僕らがどこかで出会った素敵な人の残像なのだと思うのです。

しかし、この詩集で初めて貘さんの詩に触れる方がいらっしゃるとしたら、なんと羨ましいことか！　先にも触れたように貘さんの詩は昭和への時間旅行であり、宇宙旅行であり、タイム・スリップであり、極楽浄土へも誘ってくれる素敵なチケットなのです。詩というものがいかに自由であるか、ひいては人間の想像力というものがいかに無限であるかを伝えてくれるバイブルなのです。

貘さんはこの世界に存在する境界線を越えられる人であったのでしょう。それが時空であっても大気圏であっても人の生死であっても、さらにはお金の貸し主と借り主の関係であっても。最後に関しては貸した方には大迷惑ではありますが（笑）。

コッチとムコウを自由に行き来出来た貘さんがムコウノヒトになって随分と時間が経ってしまいましたが、ムコウから時折コッチにやって来ては今の世界を憂い、哀しみ、でも優しく包んでくれることを願ってやみません。

高田　漣（たかだ・れん）
音楽家、プロデューサー、作曲家、編曲家、マルチ弦楽器奏者、執筆家。１９７３年、日本を代表するフォークシンガー・高田渡の長男として生まれる。少年時代はサッカーに熱中し、14歳からギターを始める。２００２年、ソロ・デビュー。現在まで6枚のオリジナル・アルバムをリリース。自身の活動と並行して、他アーティストのアレンジ及びプロデュース、映画、ドラマ、舞台、ＣＭ音楽を多数担当。２０１７年、オリジナル・アルバム「ナイトライダーズ・ブルース」をリリースし、第59回日本レコード大賞優秀アルバム賞を受賞。２０１９年3月には7枚目のオリジナル・アルバム「FRESH」をリリース。

貘の詩とお金

宇田智子

つかっている言葉
それは日本語で
つかっている金
それはドルなのだ

（「正月と島」より）

一九五八年、山之口貘は三十四年ぶりに故郷である沖縄を訪ねた。米軍統治下の沖縄は日本のようなアメリカのような「つかみどころのない島」になっていて、それを端的に表すのが「言葉」と「金」だった。このふたつは島にとって、人間にとって、もちろん貘にとっても不可欠なものだ。

貘といえば「貧乏詩人」というのが決まり文句で、そんな枠に収まらない詩人ではあるけれど、確かにお金の詩がとても多い。みずから「詩人としてはまるで／貧乏ものとか借金ものとか／質屋ものとかの専門みたいな／詩人なのだ」（「年越の詩」）と書くほどだ。たとえば「借金もの」は、お金を借りたとたんに相手の態度が変わる「鹿と借金」、お金を返したら逆に相手に礼を言われる「柄にもない日」など、お金を介してお互いの本性があらわになるおかしさがあり、貘の詩に欠かせないジャンルとなっている。

といっても、初期の詩に「借金もの」は少ない。沖縄から東京に出てきて、ひとり地べたに暮らしていたころは、お金というより食べ物や寝床を欲していた。空腹に耐え、寒さに耐え、「残飯」や「メシツブ」をかき集め、犬や猫と同じ地面の上に眠る。草にねころび天を見下ろし、足もとに地球を感じながら夜を明かす。地球の上に自分だけが起きているかのような孤独のなかで、「女」をも切望した。

望みがかなって結婚し、住みかを定めて物が増え、やがて子どもも生まれると、借金や質屋の詩が増えてくる。ひとりでひもじさを噛みしめるような詩はほとんどなくなり、女房や誰かとの会話を通じて、貧乏な自分を茶化してみせるようになる。誰もが隠そうとする話題をくり返し書いたのは、お金こそが貘と他人のあいだを結びつけていたからではないか。頭を下げて情けない思いをしながらも、相手の姿や世間のありようをじっと見ていた。

貘はお金の詩と同じくらい、詩の詩を書いた。たとえば、「ぼくの生きる先々には／詩の要るようなことばっかりで」(「生きる先々」)。〈先立つもの〉といえばふつうお金だけれど、貘にとってはなによりも詩だった。「しゃべる僕のこのしゃべり方が／ぼくの詩にそっくりだという」(「天から降りて来た言葉」)。詩は貘そのものだった。

詩をめぐって書かれた詩には、一篇の詩のために何百枚もの原稿用紙を使うのをからかわれる「ひそかな対決」、「無学」呼ばわりされてぴしゃりと切り返す「博学と無学」など、「借金もの」に劣らずユーモラスなものが多い。

貘は全身全霊をささげて詩を書き、世間に差しだした。まわりの人も貘を詩人として接した。貘と他人のあいだにお金があるように、詩もあった。言葉とお金が流通する社会に生きるという当たり前のことに、貘は正面から向きあい続けた。

言葉だけに拠って立つ詩人であっても、ものを食べなければ、そのためにお金を稼がなければ生きていけない。貘はこれについて、「ぼくみたいな詩人が詩でめしの食えるような文化人になるまでの間を／国家でもって税金の立替えの出来るくらいの文化的方法はないものだろうか」(「税金のうた」)と書いている。これは詩人を特別扱いすべきだということではなく、たとえば医者は患者を診察して暮らせるのに、詩人は詩を書いて暮らせないのはなぜか、という率直な問いかけである。あるいは「詩人がどんなに詩人でも　未だに食はねば生きられないほどの／それは非文化的な文明だつた」(「鼻のある結論」)と、いっそ食べずに生きられればと考えていたようだ。

貘は戦争や核、生死を扱ったスケールの大きな詩も書いた。宇宙から地球を見下ろし、過去から未来、死後の世界まで見晴らし、ふつうの人には立てない場所から世の中をとらえた。そこにも、やっぱりお金があった。

「火星か月にでも住んで／宇宙を生きることになったとしてもだ／いつまで経っても文なしの／胃袋付の宇宙人なのでは／いまに木戸からまた首がのぞいて／米屋なんです　と来る筈なのだ」(「頭をかかえる宇宙人」)

「仏になったものまでも／金のかゝることをほしがるのかとおもうと／地球の上で生きるのと

おなじみたいで／あの世も／この世もないみたいなのだ」（「告別式」）

宇宙でもあの世でもお金がかかるということは、他人と関わり続けるということだ。それは、貘がひとりで地面に寝そべっていたころには想像しなかった事態ではないか。家族をつくり、詩集を出し、詩人としてこの世を生き始めたから、他人と出会い、言葉をかわし、またお金を借りもするようになった。

貘が欲したのは食べること、家族とともに生きること、そして詩を書くことだった。そのためにお金が要り、言葉が要った。欲求をおびやかすものは戦争であれ核であれ許さなかった。本当に必要なものだけを欲しがり、そのことだけを書き続けた詩人だった。

宇田智子（うだ・ともこ）
１９８０年神奈川県生まれ。
２０１１年より那覇の市場中央通りで「市場の古本屋ウララ」を営む。狭い店に小さな山之口貘コーナーを設けて、普及につとめている。著書に『那覇の市場で古本屋』（ボーダーインク）、『本屋になりたい』（ちくまプリマー新書）、『市場のことば、本の声』（晶文社）。

編集付記

底本について

詩論　『山之口貘全集　第四巻』思潮社　一九七六
詩篇　『新編 山之口貘全集　第1巻　詩篇』思潮社　二〇一三
小説　『山之口貘全集　第二巻　小説』思潮社　一九七五

詩篇の底本には、『思辨の苑』『定本 山之口貘詩集』『鮪に鰯』の三詩集が収録されており、本書は、この中から一三五篇を選んでいます。各詩集からの作品数は次のとおりです。

＊底本には、その後の研究によって発見された既刊詩集未収録詩篇も収録されています。

『思辨の苑』より　四十四篇
『定本 山之口貘詩集』より　十篇
『鮪に鰯』より　八十一篇

詩の配列について

底本では、貘の編集スタイルである遡り編集（新しいほうから古いほうへ遡る作品配列）を踏襲して詩が配列されていますが、本書では、「貘の詩作の歩みをたどる」という趣旨から、底本を逆にめくっていく形の逆配列としました。なお、ページネーションのやり繰りなどから順番を入れ替えている作品もあり、この配列方法と完全には一致していません。また、第五章「歌になった詩」も古い作品から順に配列しており、CDの曲順とは異なります。

詩のレイアウトについて

七十七行からなる「沖縄よどこへ行く」を除くすべての作品を一ページまたは見開きで収めることをレイアウトの基本に置き、いくつかのフォーマットを設けて、一篇一篇に対応しています。また、貘の詩は、一行が長くなって次の行にまたがる場合、二行目以降を一字下げて表記するのが通例ですが、本書ではこれに倣わず、原文にはない改行を入れています。該当する詩は、「挨拶」「数学」「会話」など十一篇です。

文字表記と表現について

文字表記は底本に即すこととし、明らかな誤字や誤植と考えられるもののみ修正しました。また、本書には、現時点から見れば一部不適切と思われる語句や表現がありますが、著者の根本思想と作品の価値を考え合わせ、そのままとしました。

参考文献

山之口泉『父・山之口貘』思潮社 一九八五
茨木のり子『貘さんがゆく』童話屋 一九九九
謝花長順『貘さんおいで』琉球新報社 二〇〇四
山之口貘賞20周年記念誌『貘のいる風景』山之口貘記念会・琉球新報社 一九九七
講談社文芸文庫『山之口貘詩文集』講談社 一九九九
岩波文庫『山之口貘詩集』岩波書店 二〇一六
高田渡『バーボン・ストリート・ブルース』筑摩書房 二〇〇八

ほかにもたくさんの資料を参考にさせていただきました。

一年がかりになりましたが、立案舎の第一弾となる『山之口貘詩文集』を無事発行することができました。

はじめに、貘さんの研究者として著名な、筑紫女学園大学 文学部の松下博文教授の編集協力に対してお礼申し上げます。本書には松下さんの執念の研究成果があちこちに散りばめられています。また、私たちの本づくりへの思いを理解し、父上の原文にはない詩の改行をお許しくださった山之口泉さんのご厚意にも感謝しています。底本使用では、関連の書籍を多く出版されている思潮社さんのお世話になりました。

本書の発行は、貘さんの命日である七月十九日としました。

もしも貘さんがこの時代を生きていたら、どんな詩を書いているのだろうと、考えることがよくあります。池袋あたりで、いっしょに泡盛を飲めたらなぁ、とも——。

貘さんは、放浪詩人、貧乏詩人、それから、精神の貴族などと、いろいろな呼ばれ方をされていますが、私はストレートに、「すごい詩人」と表現したいと思います。

二〇一九年七月　発行人

すごい詩人の物語

山之口貘詩文集　人生をたどるアンソロジー

二〇一九年七月十九日　初版発行

著　者　山之口　貘
発行人　佐々　和也
発行所　立案舎　www.ritsuansha.com
〒一五〇-〇〇四二
東京都渋谷区宇田川町二-一
渋谷ホームズ五一八
株式会社インテント内
電話　〇三-六四五二-五四七五
印刷・製本　シナノ書籍印刷株式会社

ISBN978-4-909917-00-3　C0092　Printed in Japan.